Tipasa

Roman

Cet ouvrage a reçu le Label

[s

Délivré par l'association **Labyrinthe[s**, il garantit aux lecteurs, aux libraires et aux bibliothécaires de lecture publique que cet ouvrage satisfait à un ensemble d'exigences concrètes telles que l'orthotypographie et la mise en page. Il signale également des qualités d'écriture : style et originalité des thèmes ou de leurs traitements. Si vous souhaitez en savoir plus sur le **Label [s** et l'association **Labyrinthe[s**, écrivez à info@ labyrinthes.net

Édition : BoD – Books on Demand, info@bod.fr
Impression : BoD – Books on Demand, In de Tarpen 42, Norderstedt (Allemagne)
Impression à la demande

Titre original : Tipasa
Maquette, composition & mise en page :

Labyrinthe[s
ISBN : 978-2-3221-5568-2
Dépôt légal : septembre 2022

Dominique Lebel

Tipasa

Roman

À Brigitte

« La vie sépare, voilà tout. »

Albert Camus, lettre à Maria Casarès.

– Baisse ce rideau, tu veux bien ? La lumière me donne mal à la tête. J'ai beau leur dire.

Sa voix n'avait pas changé et je m'y suis raccrochée comme à une bouée d'amarrage, une corde, une prise sur un mur lisse. Il fallait bien que je trouve quelque chose. Je me suis levée, la chaise a fait un bruit désagréable, j'ai pensé à ce poème d'Aragon dans lequel le mot grince au milieu des autres. Le titre m'échappait, il était question de traces du passé, de cartes postales oubliées dans des tiroirs. Mais je n'étais pas là pour parler de poésie, j'étais là pour voir ma mère. Et j'ignorais que ce serait la dernière fois. On reporte toujours tout au lendemain, un courrier à envoyer, un rendez-vous à prendre, une machine à faire réparer, et la disparition de ceux qu'on aime.

Je suis allée vers la fenêtre, j'ai baissé le rideau. La chambre s'est trouvée plongée dans une semi-obscurité et le départ de la lumière nous a rapprochées, elle et moi.

— Tu as des nouvelles de Valentine ?

— Mais oui, elle va bien. Ne t'inquiète pas pour elle.

— Ne lui dis pas que je suis ici. Demande-lui seulement s'il fait beau à New York, j'aimerais savoir. Elle est toujours amoureuse de son Américain, ta fille ?

— Je crois, oui. Ils cherchent un appartement. Je n'ai pas trop de détails, elle appelle mais elle est toujours pressée.

— Toi aussi tu es pressée, ça se voit. Tu as envie de t'en aller.

— Mais non, maman.

Je mentais, bien sûr. J'aurais donné tout ce que j'avais pour que nous puissions nous enfuir des Gréements, ma mère et moi. Que nous partions en douce, loin du regard de la directrice et du personnel de jour. Je l'aurais aidée à se lever, à enfiler sa robe de chambre, j'aurais fermé les boutons pour qu'elle n'ait pas froid et nous aurions couru vers la sortie. Elle aurait crié qu'elle n'avait plus l'âge de telles escapades, d'ailleurs ses jambes ne la portaient plus, il fallait que je la soutienne, je te rappelle que j'ai encore fait un malaise l'autre nuit, aurait-elle hurlé dans le couloir.

— On ne te l'a pas dit ? Il a fallu deux personnes pour me relever, tu te rends compte ?

Je l'aurais suppliée de se taire et elle aurait éclaté de rire. Puis nous serions arrivées devant les portes vitrées, qui se seraient ouvertes sur notre passage. Elle aurait lâché ma main et serait passée devant moi, trop contente. Elle aurait écarté les bras en signe de triomphe et aurait aspiré l'air, tout l'air du dehors.

— C'est une bonne idée que tu as eue de m'emmener loin d'ici, m'aurait-elle dit pour finir. On mange très mal dans cet établissement. Et il n'y a que des vieux.

***

Dans le couloir résonnait le bruit ordinaire des repas du soir, des voix de femmes se répondaient, des rires se mêlaient au bruit des portes qu'on refermait. La vie était là, agitée et peu glorieuse. Pas au niveau.

— Vous savez que ma mère était une très belle femme ? avais-je dit la veille au jeune médecin qui s'occupait d'elle.

Il avait baissé les yeux sur le dossier qu'il tenait dans les mains, visiblement pressé de passer à autre chose. Qu'y avait-il dans ces papiers ? Y avait-on inscrit le destin de ma mère ? Il paraissait un peu agacé, peu concerné en tout cas par l'ancienne beauté spectaculaire, cette reine déchue dont je parlais tout à coup, entre quatre murs fraîchement repeints, parcourus d'échos insupportables.

— Une splendeur, ma mère !

Une splendeur à présent oubliée et qui n'aurait pas trouvé sa place en ces lieux, de toute façon.

***

Dans cette chambre tout à coup propice aux confidences, aux paroles à voix basse, j'ai observé ma mère. Je l'ai contemplée un instant, comme on regarde un tableau rendu moins lisible par le temps et qui cache une vérité à l'intérieur de ses pigments abîmés, de ce que les spécialistes appellent *les manques*. Ma mère manquait désormais de beauté.

J'ai rapproché ma chaise de son lit, me suis penchée pour l'embrasser. Elle a souri et j'ai reconnu son sourire. Me suis dit que je pouvais me contenter de cela, de ce qui résistait en elle.

— C'est drôlement bien que tu sois venue, a-t-elle murmuré. Va-t'en vite, tu en meurs d'envie. Et dis à ta fille de le garder, son Américain.

***

Ce jour-là, je n'ai pas interrogé ma mère au sujet de la photo. Je crois que je n'y ai plus pensé, tout simplement.

Je suis sortie de la chambre, il me semble que j'ai oublié de refermer la porte derrière moi, mais ce n'était sûrement pas si grave. Au-dehors, le soleil avait fui déjà et le monde s'était obscurci, avait repris ses teintes habituelles, plutôt neutres. Il restait très peu de voitures stationnées sur le parking, j'ai pensé qu'il était bien temps que je rentre, que je n'allais pas non plus être la dernière à partir.

En cherchant ma clé à l'intérieur de mon sac, j'ai senti le contact du papier glacé de la photo. J'ai caressé le bord dentelé, un instant, m'y suis brûlé les doigts.

Ma mère avait raison : comme d'habitude, j'étais pressée de m'en aller.

1

Cette année-là, la terre tournait comme elle le pouvait, emportant dans sa rotation quelques tragédies ordinaires. La population de la planète venait d'atteindre les sept milliards d'habitants, un Sofitel de New York faisait la une des journaux et eux, se moquaient de tout cela. Ils envoyaient au diable les agitations du monde et avançaient tout droit en direction de leurs désirs, leurs incroyables désirs. Ils avaient quinze, seize, dix-sept ans et demandaient tout, tout de suite, avec une magnifique impatience. Et moi, dans la semi-obscurité d'un couloir, je les attendais.

***

Je les ai entendus arriver de loin, comme d'habitude. Ils montaient l'escalier, parviendraient bientôt à l'étage. Je connaissais leurs bruits, je ne pouvais pas me tromper.

— Dépêchez-vous, vous voulez bien ?

Ils sont entrés dans ma salle les uns contre les autres, corps liés au coude à coude et dans cette bousculade habituelle et sonore il y avait, comme chaque fois, quelque chose qui ressemblait au bonheur de vivre. Je me suis tenue à l'écart et les ai laissés faire, je savais que tout se calmerait dès qu'ils se seraient assis derrière les tables, auraient étiré leurs jambes et calé leur dos contre le dossier des chaises. Car c'était chaque fois la même chose : la bousculade, les cris, les gestes lents et le silence, enfin. Une sorte de rituel instauré depuis les toutes premières semaines.

Ils ont sorti leurs affaires, ont tiré sur leur col parce qu'ils avaient chaud, ont retroussé leurs manches, ont soulevé leurs cheveux.

— Pas de chewing-gum pendant mon cours, s'il vous plaît.

J'étouffais dans ma robe en polyester, je maudissais tous les fabricants de tissus du monde, mes escarpins faisaient un bruit de tambour sur l'estrade dès que je me déplaçais et toi, tu te trouvais dans cette maison de retraite, parce que tu ne pouvais plus vivre seule.

— Quand les personnes âgées commencent à tomber, m'avait dit le médecin des Gréements, en prenant un air accablé.

J'avais remarqué le col de sa chemise très mal repassé – ou pas du tout – et m'étais demandé s'il était marié, si sa femme s'occupait de temps en temps de son linge ou s'il avait une domestique. Puis j'avais renvoyé loin de moi ce genre d'interrogation stupide, qui ne menait à rien. La chemise était bleue, le tissu semblait de bonne qualité. Je me suis souvenue tout à coup des chemises en nylon blanc que portaient les employés de bureau, dans le pays de mon enfance.

— J'aime bien comme vous êtes habillée, m'a soufflé une fille au premier rang.

— Merci. Il fait très chaud dans cette salle, ou c'est moi ?

Je me souviens de cette chaleur, c'est la première chose que je pourrai retenir. Des températures inattendues, en avance sur la saison et qui nous avaient surpris. Il était un peu plus de quinze heures, au-dehors les ombres s'allongeaient et la cour, à présent blanchie au bas du bâtiment, semblait avoir été passée à la craie. Tandis que les plages, à quelques kilomètres de là, invitaient à s'en aller se perdre, tout droit jusqu'à la mer. Une invitation impérieuse, qui n'avait rien à voir avec la poussière froide des livres, l'odeur de l'encre et la parole sacrée des écrivains.

Alors dans ces conditions…

Tous les cours avaient déjà commencé à l'étage. J'ai ouvert en grand la porte de ma salle, pour tenter un courant d'air et le couloir du bâtiment m'a opposé son silence. Les mouettes apparues un peu plus tôt avaient déjà disparu, elles avaient fui vers les faubourgs de la ville, emportées par leur élan.

— Ce sera mieux, non ? La porte ouverte, nous aurons moins chaud, vous et moi.

J'avais deux heures devant moi pour leur parler de Camus, parce qu'il était question de lui. De ce qu'il avait écrit, de ce qui lui était arrivé et à la fin, je les laisserais s'en aller comme ils savaient le faire, à pas lents comme s'ils marchaient à reculons – la démarche indolente des fins de journée, une sorte de posture littéraire qui s'accordait avec cette partie du bâtiment : le E, celui des Lettres, où traînaient les fantômes de quelques grands écrivains.

— Albert Camus, 1913-1960, c'est écrit au tableau.

En regagnant ma place, j'ai pensé un instant à toi, seule dans ta chambre où l'on devait étouffer et je me suis inquiétée, comme d'habitude. J'irais te rejoindre en sortant du lycée, bien sûr, je savais que tu m'attendais, qu'il n'était pas question que je t'abandonne. J'ai déplacé les notes que je venais de déposer sur mon bureau, comme si cette réorganisation de l'espace devait nous sauver de tout, toi et moi. Puis le murmure familier des bavardages m'a transportée de nouveau auprès d'eux.

Et je les ai conduits en Algérie, puisque c'était le pays.

— En 1936, faites le calcul, Camus avait vingt-trois ans. C'est très jeune, vingt-trois ans.

**

C'était un dimanche et l'écrivain se trouvait au milieu des ruines.

— Tipasa, c'est le nom. *Au printemps, Tipasa est habitée par les dieux*, c'est ce qu'il a écrit.

Ils m'ont demandé de répéter, les mots semblaient leur plaire.

— Les dieux, vous voyez de qui l'on parle ? Ce sont des dieux de soleil et de chaleur, des dieux faits pour une mer très bleue, des rochers et des temples grecs. L'Olympe, oui, Zeus et tous les autres. Mais Camus n'aimait pas trop ce genre d'histoires.

J'ai répété la phrase de l'écrivain et ils se sont penchés sur leur feuille, avec application. Ils paraissaient si jeunes tout à coup. Des enfants. Des têtes d'enfants sur des corps très grands. J'ai remarqué les cheveux relevés des filles, les élastiques et les chouchous colorés, quelques mèches rebelles qu'elles remettaient en place d'un geste, sans y penser. Et puis Marie et Sébastien sont entrés, il m'a semblé qu'ils se tenaient par la main. Sébastien dépassait Marie d'une tête et j'ai été frappée par sa pâleur, je ne sais pas pourquoi. J'ai pensé au Saint Sébastien d'Antonello de Messine, je connaissais ce tableau et ce n'était pas seulement à cause du prénom. Il y avait une ressemblance, évidente tout à coup. Quelque chose dans le visage rond et le regard parti ailleurs. Ils se sont excusés tous les deux, sont allés s'asseoir. Marie portait une jupe très courte et un t-shirt coloré. Elle aussi avait attaché ses cheveux. Sébastien a pris une chaise près de la fenêtre du fond, Marie s'est installée plus loin. Loin de lui, déjà.

— Dépêchez-vous, leur ai-je dit. Vous dérangez tout le monde. Nous parlons de Camus, aujourd'hui.

Aux premiers jours du printemps, Camus avait pris un autobus et longé la route nationale qui menait à Tipasa. À travers la fenêtre, il avait aperçu les massifs de bougainvillées sur les murs des villas, n'y avait pas trop prêté attention. Il attendait d'autres fleurs plus éphémères, d'autres pierres beaucoup plus anciennes, un monde plus solitaire et sauvage. Une mouche était entrée dans l'autobus et elle tournait autour de lui, avec son bruit d'insecte qui ne sait plus trop où aller. Il avait fait un geste brusque pour la chasser, elle s'était enfuie et heurtée violemment à la vitre, avant de revenir vers lui, un peu étourdie. Puis l'autobus s'était arrêté, il était descendu et avait posé les pieds dans le jaune et le bleu, quelque chose d'originel, un paysage hors du temps des hommes, qu'il avait immédiatement reconnu.

La mouche s'était éloignée en direction de la mer.

***

L'escalier de pierres l'avait mené jusqu'aux ruines, parmi les lentisques et les genêts. En bas, s'étendait l'eau qui ne se confondait pas avec le ciel, les couleurs étaient différentes.

— Vous ne m'écoutez plus, c'est dommage. Dès qu'on vous parle de paysages… La femme de Camus était comme vous, indifférente. Il a fini par la quitter.

Ils ont souri, ont fait semblant de s'intéresser au sujet, ont noté quelques phrases. Ils se sont demandé ce qu'étaient des lentisques, ils n'étaient pas sûrs de l'orthographe et quelques têtes se sont tournées vers les fenêtres, d'où l'on pouvait contempler le ciel. Mais pas la mer.

— Les lentisques sont des petits arbres, leurs feuilles ne meurent jamais. Ces ruines non plus ne meurent pas. Et à bien observer le sol…

On peut se figurer la trace de ses chaussures, c'était ce que je voulais leur dire. Une sorte de mémoire du lieu, qui aurait conservé un moment le souvenir de son passage, avant que tout ne reprenne sa forme originelle. Avec des tiges couchées sous son poids, des fleurs éparses qui ne ressemblaient plus à des fleurs et puis la persistance, encore aujourd'hui, de son ombre immobile, quelque part plus loin vers la mer, au pied du Chenoua.

***

Ensuite dans le silence d'une chambre, Camus avait écrit quelque chose sur l'amour et le désir, parce qu'il voulait que tout cela, cet éblouissement, devienne un livre qu'on lirait comme on lit un poème. Il était revenu à Tipasa avec Simone, elle s'ennuyait, préférait la morphine à l'ivresse des lieux. Et puis soudain, elle n'avait pas su comment, le charme avait opéré et son regard s'était noyé dans le paysage.

— Tu n'as jamais été aussi belle, lui avait-il dit en plongeant dans le bleu, le rouge, le vert, dans une forme de magnificence à peindre à grands coups de pinceau, pour que rien ne se perde.

Puis ils étaient descendus tous les deux jusqu'à la mer et il s'était déshabillé, était entré sans réfléchir dans l'eau, encore glacée en cette saison. Il raconterait cette sensation de glu froide sur ses jambes, son ventre, sa poitrine et le bourdonnement de ses oreilles quand il avait plongé.

Ils ont levé la tête, d'un coup, étonnés et vaguement concernés. L'eau froide ils connaissaient, leur mer est glacée toute l'année. Ils savaient la brûlure sur la peau quand on entre, ces milliers de piqûres d'épingle et l'euphorie qui s'ensuit, qu'ils prenaient sans doute pour le bonheur, ce fameux bonheur dont tout le monde parle. Par le pouvoir de quelques mots, l'écrivain mort depuis si longtemps s'est alors rapproché d'eux, est entré à petits pas dans leur monde. Pieds nus et ruisselant, les cheveux en bataille et les yeux rougis par le sel. Heureux.

— Et puis ils repartent, ils ont trop vu Tipasa. Ils en ont assez. Trop de beauté, trop de sensations, ils remontent par les escaliers de pierre. Ensuite, ils attendent l'autobus sur un banc au bord de la nationale, sous un grenadier. Ils regardent les automobiles qui passent, Camus a du sable dans ses chaussures, Simone a un peu froid dans sa robe, bientôt la nuit tombera et c'en sera fini des ruines et des parfums sauvages.

Vingt ans plus tard, Camus est retourné en Algérie. On connaît la date de ce retour, elle est écrite partout.

— Il avait quarante-cinq ans, je crois. Vous compterez. On lui avait décerné le prix Nobel, il portait une chemise blanche sous son costume, avec un nœud papillon blanc. Savez-vous ce qu'est le prix Nobel de littérature ? C'est une récompense extraordinaire. Mais il paraît qu'il était devenu différent, distant avec ses vieux amis. Dans son ancien quartier d'Alger on ne le reconnaissait plus, il détournait ses regards et parlait peu.

Ils n'ont pas paru surpris, ils connaissaient la vanité de ceux qui font parler d'eux. Ceux qui se la jouent, disaient-ils. Ceux qui se la racontent parce que tout le monde finit par redescendre, hein Madame ?

— Et puis, c'est pas parce qu'on a un prix…

— C'est pas une raison pour snober les autres, non ?

Le ton montait, chacun avait quelque chose à dire à propos de Camus qui s'était éloigné de son enfance et du quartier Belcourt où il avait grandi, Camus qui flippait sa race, disaient-ils. Puis le nom de Sébastien a résonné dans le brouhaha qui montait, Sébastien assis dans la rangée de droite, tout près de la fenêtre ouverte. La tête étirée en arrière comme le font ceux qui paressent longtemps aux terrasses et ne savent plus ni le jour ni l'heure, le visage baigné de lumière. Sébastien beau comme un Saint-Sébastien et qui les regardait de haut, qui se la jouait lui aussi hein Madame, depuis qu'il avait eu Marie, la si jolie Marie. L'avait *serrée*, comme ils disaient.

— Serrée ?

— Ça s'explique pas, ce mot.

Sébastien qui à cet instant semblait ne pas les entendre, et poursuivre dans son silence à lui quelque chose de très lointain – un nuage isolé, une aile d'oiseau, une parole égarée dans un ciel italien.

Tu dis quoi, Seb ? On invente ?

Lâchez-le, ça n'a rien à voir, lui et Camus.

Il est pas prix Nobel, Seb. Il est juste bon au foot.

N'empêche, il se la raconte. Et pas à cause du foot.

Tout le monde se la raconte, c'est obligé.

Il y a eu des rires, d'autres protestations, d'autres éclats et le regard étrange de Marie. Un regard comme un avertissement. Pas un reproche, non, juste une petite menace. Une très légère entaille dans le tableau, quelque chose d'à peine perceptible. Un mauvais coup de pinceau.

J'ai regretté de leur avoir parlé ainsi de Camus, d'avoir abîmé l'idole avec une telle légèreté. J'ai frappé dans mes mains pour les faire taire et dans le silence revenu, j'ai observé un instant leurs visages, leurs attitudes. Trente-trois visages rougis par la chaleur de l'après-midi, trente-trois corps à l'étroit dans l'alignement serré des tables. Je devais avoir l'air de leur en vouloir tout à coup, ils ne savaient pas trop pourquoi. Ils ont paru contrariés, presque tristes.

— Je reprends, ai-je dit en me déplaçant sur ma chaise. Si vous voulez bien m'écouter.

Camus a réservé une chambre d'hôtel près du port. Il a travaillé tard dans la nuit et au matin, un peu groggy et d'assez mauvaise humeur, il a voulu retourner à Tipasa, car c'est là qu'il se sent exister, dit-il. Ailleurs dans le pays, il ne sait plus trop qui il est, il n'y a plus d'évidence. Un ami poète l'accompagne et avant de descendre jusqu'aux ruines, les deux hommes déjeunent sur le port. Ils commandent des pêches et du sirop de menthe, se disent en riant que ce qu'ils mangent et boivent là ressemble à la nourriture des dieux.

— Le ciel est vide, a dit le poète après qu'on l'a servi. Il est désespérément vide, mais ces pêches sont délicieuses.

Nous sommes le 30 mars 1958 exactement, le soleil est encore haut dans le ciel et Camus est amoureux de Maria Casarès. Ils se sont rencontrés un jour chez des amis, se sont aimés puis séparés puis aimés à nouveau, car ils ne pouvaient pas faire autrement.

Le soir, dans la chambre où une petite table en bois clair lui sert de bureau provisoire, il lui écrit :

Ici le beau ciel, le soleil, le vent, la mer à tous les tournants.

***

À Alger, c'est la guerre. On a posé des grillages sur les vitres des tramways à cause des fusillades, mais on danse encore devant la mer, dans la grande salle du casino. On essaie d'être heureux. On y arrive, il suffit d'un bon orchestre et du sable brûlant sur les plages, il suffit de toute la lumière sur les murs des maisons riches, des maisons pauvres. Alors tout devient prétexte à triomphe : le port étalé sous le soleil, le rouge de l'horizon et le blanc des terrasses, les bavardages devant les cafés et les robes des femmes.

— Écoutez-moi. Ne notez rien, écoutez. Arrêtez donc d'écrire, laissez vos stylos.

Et si vous ne savez pas quoi faire de vos mains, alors posez-les sur vos genoux. Et restez immobiles, quelques instants immobiles, afin que je m'y retrouve. Où en étais-je, dites-moi ? Camus retournait à Alger… oui voilà, bien sûr. Quand il retournait à Alger, Camus allait voir sa mère. C'était la première chose qu'il faisait. Il l'embrassait, lui parlait doucement. Elle était vieille et presque sourde, à quoi bon hausser la voix, elle n'entendrait pas. Il y avait le petit creux à la base du cou, la veine saillante, il y avait le sourire si familier, le port de tête, la poitrine lourde. Le corps s'affaissait tendrement. Il lui disait comme il était heureux de la retrouver, elle se plaignait de ses absences, de leur éloignement. En attendant sa visite, elle était allée chez le coiffeur. Elle voulait plaire encore à ce fils qui faisait parler de lui en métropole, au milieu de personnes qu'elle ne connaissait pas, qui n'avaient jamais été pauvres. Elle le regardait pour comprendre. Et puis elle se détournait, préférait voir le monde par la fenêtre, là où passaient les autobus. Et c'était chaque fois la même chose, le bonheur des retrouvailles puis la fenêtre, les autobus, sa présence qui se dérobait. Et son silence.

Car il y a des mères qui se taisent, qui savent faire cela. Et quand leur enfant les retrouve…

Un jour peut-être, Valentine penserait à ce bonheur-là. Je ne savais pas quand. Un jour béni des dieux, un jour à graver sur une pierre, elle lâcherait son travail, l'Amérique et prendrait un avion. Elle ne me préviendrait pas, tiendrait à me surprendre. Je rentrerais juste de mes cours, la tête encore pleine de prose ou de poésie, de métaphores filées, d'antonomases et de zeugmas à la noix et elle serait là devant ma porte, avec sa valise. Ravissante, parce qu'elle te ressemble.

— Tu as quitté ton Américain ? lui demanderais-je.

— Mais non ! Je voulais juste passer les fêtes avec toi. Et tu peux l'appeler John, aussi.

Puis elle poserait sa tête au creux de mon épaule, là où moi aussi j'ai une veine qui ressort, comme la mère de Camus. Et elle sentirait mon parfum, reconnaîtrait toutes ces choses qu'elle pensait avoir oubliées. Et moi aussi je serais allée chez le coiffeur, mais ce serait un hasard.

— Ça te va bien, cette coupe, me dirait-elle en passant une main dans mes cheveux, pour tout défaire. Dégager mon front, voir sa mère en entier.

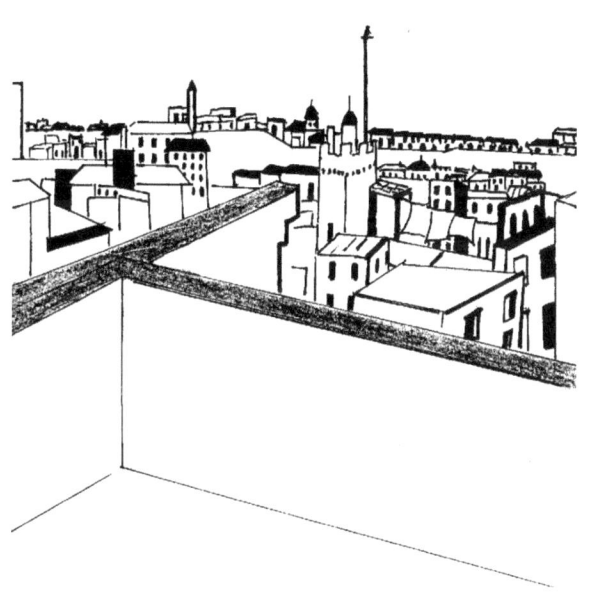

Le 30 mars 1958, le jour où Camus marchait dans les ruines en compagnie du poète, la bouche encore pleine du goût sucré des pêches, nous nous trouvions là nous aussi et je pense que tu t'en souviens. La date est inscrite au dos de la photo :

Tipasa, 30 mars 58.

C'est toi qui as noté cette date. Je reconnais ton écriture, cette façon victorieuse d'écrire que tu as encore, même si ta main tremble aujourd'hui. Camus avançait parmi les herbes naines, à un moment vos chemins se sont croisés et il t'a vue, toi, tandis que le poète regardait ailleurs.

Même les poètes peuvent passer à côté de l'essentiel.

Il t'a tout de suite remarquée, s'est retourné sur toi. Ou alors j'invente, j'arrange les choses. Il faudra que je te pose la question, que je te demande si tu as aperçu le romancier, si tu l'as reconnu. Ce jour-là, vers quatre heures de l'après-midi sans doute, au milieu des pierres.

Tu cherchais ton appareil dans ton grand sac de paille, celui que tu réservais à ce genre de sorties et à nos après-midis de plage. Tu voulais me prendre en photo, c'était cela qui comptait, saisir un moment de mon enfance, de ma délicieuse enfance. Les ruines on s'en fiche disais-tu, depuis le temps qu'on les voit. Et dans cette inclinaison du corps, cette façon que tu as eue de te pencher pour saisir l'appareil à l'intérieur de ton sac, l'écrivain aura remarqué ta nuque soudain offerte à son regard d'homme, la courbe d'une hanche

– tu portais une robe en vichy, je crois, mais je ne me souviens pas de la couleur.

On peut facilement imaginer un regard d'homme qui te déshabille, parce que c'était ainsi que les choses se passaient entre lui et les jolies femmes. On raconte qu'il les voulait toutes, qu'il aimait passionnément les séduire, que c'était tout ce qui comptait pour lui et qu'ensuite il se lassait, se disait que sa vie privée était une chose impossible à réussir.

Et toi, tu étais si jolie.

Je me souviens exactement de l'effet que tu pouvais produire sous le regard des hommes, de la jalousie des femmes quand tu apparaissais, que tu entrais dans une pièce, dans un restaurant ou un magasin. Tu étais *ravissante*, c'est le mot qui revenait. Tu l'es beaucoup moins et de cela, de cette transformation plutôt radicale qui t'a attaquée, je n'ai pas trop envie de parler.

Cette photo que tu as prise, je l'ai trouvée à l'intérieur d'un vieux Gallimard.

— Il faudra que vous lisiez ce roman ! avais-je lancé en brandissant le livre. J'ai dans les mains un exemplaire assez ancien et en mauvais état. C'est même une antiquité, je vous l'accorde. Vous pourrez vous procurer quelque chose de plus récent. Avec un dessin sur la couverture, oui. Bien sûr. Un dessin, des couleurs. Quelque chose d'attrayant.

Quelqu'un avait glissé un jour la photo dans cette vieille édition de *L'Étranger* et je l'avais laissée en place. La date du dépôt légal se trouvait en dernière page : 1954. Le titre était en gros caractères rouges, avec le sigle de la NRF au bas de la couverture. Une réédition, consécutive au succès du roman. J'étais entrée chez toi deux jours plus tôt pour aérer ton appartement, ranger un peu – tu y tenais, je sais que tu ne ranges jamais rien, m'avais-tu dit.

— Mais toi, tu es toi et moi… enfin, maintenant que je suis enfermée dans cette chambre… et si tu pouvais penser à arroser mes plantes.

J'avais la matinée devant moi. J'avais donc entrepris de dépoussiérer tes étagères et j'ai vu ce livre. À qui avait-il appartenu ? À Paul sans doute, je savais que tu avais récupéré ses affaires personnelles, après sa disparition. Toi, tu ne lisais jamais, tu trouvais les livres *ennuyeux à mourir*, c'était ton expression.

— Quand on retrouvera Paul, enfin et qu'il rentrera, je lui rendrai toutes ces choses qui sont à lui et il sera content, disais-tu sans y croire.

Personne ne l'avait revu et sa maison était restée fermée à clé, volets ouverts sur la rue. Sa voiture avait disparu, son chien aussi. Tu avais alerté tous ceux qui le connaissaient, puis la gendarmerie, la préfecture de police, tous les services officiels français que tu avais pu trouver, tu avais même écrit à l'Élysée.

Monsieur le Président…

Ou : mon Général ? Le Général était grand de taille, sans doute beaucoup trop grand pour que ta lettre puisse l'atteindre, avais-tu pensé. Mais tu avais quand même écrit.

— On ne les retrouve pas tous, t'avait-on dit. Quelques-uns, oui, au bord d'une route. Et dans quel état. La situation empire de jour en jour, Madame.

Tu t'étais heurtée aux formules protocolaires, tu avais recommencé plusieurs fois ta lettre, comme on lance une bouteille à la mer.

***

La photo avait dû servir de marque-page, elle avait été glissée entre deux chapitres, à l'endroit du meurtre de l'Arabe. Deux mots avaient été soulignés au crayon, *heureux* et *malheur.* À la page suivante, un numéro de téléphone avait été recopié, sûrement avec le même crayon. Il commençait par *Sablons*. Un numéro en France, me suis-je dit. J'ai observé le cliché que je découvrais pour la première fois, me suis appliquée à reconnaître les visages, les lieux, avant de le remettre à sa place. J'aime bien que les choses demeurent là où on les a posées.

— C'est comme ça que tu finis par tout laisser traîner, disais-tu. À la fin, il y en a partout, on ne s'y reconnaît plus.

Ce jour-là, j'ai longuement observé la photo et il m'a semblé qu'elle convoquait auprès d'elle, peu à peu, toutes les images de nos existences, ces moments heureux immortalisés sur papier glacé et que je connaissais par cœur, pour les avoir si souvent regardés avec toi. Des morceaux de cette vie qui nous appartenait sont venus se bousculer dans ma tête, les uns contre les autres, dans une odeur de vieux papier un peu humide – mon mariage, ta communion et ton père en costume militaire, un voyage que tu avais fait (tu portais un foulard et des lunettes de soleil, tu ressemblais à une actrice italienne), un matin de Noël chez toi, avec Valentine en robe de chambre, émerveillée devant ses jouets. Et puis un soir de réveillon dans un cabaret, tu étais assise à côté de mon père. Tu portais une robe noire faite par une couturière et sur la photo tu riais, tu étais heureuse.

L'image oubliée à l'intérieur du livre est de format 6/9, sur papier glacé. Elle est en couleur. Je dois avoir trois ans, je porte une robe en coton fleuri, un gilet et le ciel au-dessus de moi paraît d'un bleu incroyable, une teinte qui n'est plus une teinte mais une chose en soi.

Ou alors je brode, à propos de cette couleur. Il faudra que je vérifie. On dit que là-bas, le ciel devient volontiers blanc sous l'effet de la chaleur. Lavé par le soleil, tout déteint. Alors ce bleu…

La photo a été prise au milieu des ruines de Tipasa. Tout près de moi se tient un chien noir de petite taille, qui semble satisfait d'être là. Je ne sais plus à qui appartenait ce chien, tu as dû me le dire. Ses poils sont ras, disons qu'il s'agit d'un basset, on n'en voit plus beaucoup aujourd'hui, je pense que cette race est passée de mode. À mes pieds, mes tout petits pieds d'enfant, les pierres encore alignées selon leur géométrie d'origine racontent une histoire ancienne, avec des Phéniciens de Carthage et des empereurs romains, les Vandales de Genséric et la mort de la fille de Cléopâtre et de Marc-Antoine. On m'a souvent parlé de tout cela, plus tard. J'avais grandi et nos visites dans les ruines recommençaient, dès que le printemps arrivait.

Il paraît que Tipasa est l'un des plus beaux endroits du monde. Il paraît aussi que les ruines, si l'on se penche, sentent l'odeur des herbes qui les bordent et les recouvrent par endroits. Toi, tu portais ton parfum, toujours le même et tu en laissais le sillage partout où tu allais. Sur les ruines de Tipasa aussi. Et tu dansais en marchant sur les herbes naines, de cela je suis sûre. Tu as toujours aimé danser.

Tout près de nous en contrebas, il y avait la mer, qui pouvait se distinguer résolument du ciel. Cela dépendait des jours, de la lumière. Et puis les bruits, encore cachés à l'intérieur de la photo et qui se font entendre, pour peu qu'on y pose le regard, qu'on s'attarde un peu. Le vol des insectes et le murmure du vent, les voix des adultes qui avaient un peu bu au restaurant, avant d'aller marcher auprès des Romains, des marchands revenus de Grèce et des gladiateurs promis à la mort. Les rires des adultes et les cris des enfants. Le dimanche, certaines familles vont au cinéma ou marchent le long des trottoirs. Nous, c'était ces vestiges d'il y a deux mille cinq cents ans, à l'écart de la ville qui vivait une autre vie, beaucoup moins paisible et nettement moins belle.

***

— Durant toute cette période, des bombes ont éclaté, posées par de très jeunes filles. Dans un casino, sur une terrasse. Un orchestre jouait tout près de la mer, de jeunes couples dansaient sur la piste et ils ont été tués. L'une des meurtrières s'appelait Zohra, on l'a arrêtée. Mais Camus ne parle pas de la guerre dans ses romans, il parle des gens qui plongent depuis les rochers et vont dans les cafés, de ceux qui prennent des autobus et se retournent sur les filles, puis rentrent chez eux en attendant le lendemain. Il parle de ceux qui s'ennuient sans s'en rendre compte et répondent qu'ils ne savent pas, quand on leur demande s'ils aiment. Il parle des pauvres et des mauvais garçons, des vieux assis sur des bancs et des chiens dans les appartements. Il parle du bruit de cymbales que fait le soleil au zénith et des étoiles dans le ciel, de tout cela, qui ne se trouve pas dans les livres d'Histoire. Seulement cette guerre a existé, on ne peut pas l'enlever.

Ils ont tourné leurs regards vers un mur, une fenêtre, ils avaient l'air de chercher de quoi j'étais en train de parler, de quel monde. À quoi ressemblait la guerre, pour eux ? À des hommes casqués qui avançaient en rangs serrés, enfermés dans leur uniforme. À des tranchées creusées dans la boue et à des tanks, des canons, des gueules cassées et des avions militaires, des cartes avec des noms de villes en caractères gras et des couleurs différentes, des flèches, des hachures, des additions de soldats morts au combat. Des PowerPoint admirables projetés au tableau, des documents à commenter avec présentation, analyse, conclusion les jours de contrôle, et une moyenne à obtenir sans trop réviser.

— Laissez, la guerre dont je parle n'a pas eu un nom de guerre.

***

Ils ont voulu savoir pourtant, parce que toutes les guerres les intéressaient. Ils disaient qu'ils n'en voulaient plus, plus jamais, qu'ils devaient apprendre pour que cela ne recommence pas. Pour qu'ils en devinent les signes avant-coureurs et les écrasent de leurs pieds, les réduisent en boule de leurs propres mains. J'ai hésité. Et puis je leur ai parlé de ces deux peuples différents qui vivaient ensemble, avaient fini par se ressembler et s'étaient séparés – pas haïs, non, pas tous. J'ai insisté, je crois que j'ai élevé la voix, comme on le fait parce qu'on sait que c'est la seule chose à faire.

— Ne croyez pas trop les livres d'Histoire, leur ai-je dit et ils ont paru étonnés.

J'ai raconté la bataille d'Alger, les attentats, les jeunes appelés et les fusillades, la désolation dans les villages et à mesure que je parlais, le soleil quittait le haut du ciel, pas si fier. J'ai dit les concerts de casseroles des enfants à la tombée du jour, nos lits déplacés pour éviter les balles, les paroles de haine partout. Camus voulait une trêve, il parlait à la radio, écrivait des lignes et des lignes et repartait d'Alger désespéré. Et puis, comme je ne voulais pas les laisser là au bord des routes où l'on enlevait des hommes, sur des trottoirs où on en tuait d'autres d'un coup de revolver, je leur ai raconté une histoire.

— Une anecdote inventée, mais on peut en faire un plat. C'est l'avantage, avec la littérature.

Il y était question d'un instituteur près du village de Tadjid, sur un haut plateau désertique entouré de murailles rocheuses et d'un prisonnier arabe qu'on lui amenait. Il avait tué son cousin d'un coup de serpe, une histoire de famille sans doute. Il avait beaucoup neigé, à présent le ciel redevenait très bleu, très pur et dans ce paysage-là, les hommes n'étaient pas grand-chose, quoi qu'ils aient fait. L'instituteur devait garder le prisonnier une nuit mais au matin, tandis que la neige fondait et laissait la terre encore gelée à nu, il le conduisait en direction du Sud, loin de Tinguit au Nord, où se trouvait la police. Il le laissait s'enfuir.

Ils écoutaient, infiniment silencieux puis quelques paroles ont fait écho à ma voix, cool le mec disaient-ils, trop cool mais la neige, il peut neiger dans ce pays ? La neige sous les pattes des chameaux ?

Ou des dromadaires, combien de bosses déjà chez le dromadaire ? Ils ne savaient plus.

J'ai réclamé le silence, en vain cette fois. Ils voulaient savoir pour les bosses, et poursuivre l'histoire imaginée par l'écrivain, une histoire de pardon et de solitude. Ils voulaient inventer une fin, une récompense pour l'instituteur, une médaille. Une nouvelle existence pour l'Arabe, avec une maison, une femme, des enfants, une innocence retrouvée. L'instituteur lui avait donné des dattes et du pain avant de le libérer, et de l'argent.

— Camus a fini son récit sur le mot *seul,* c'est pour dire. La bonté peut conduire à la solitude, parfois. Et taisez-vous un peu, c'est fatigant, ce bruit que vous faites tandis que je vous parle.

Ce brouhaha qui monte, dans un langage qui est le vôtre et me surprend toujours

Ce brouhaha que rien n'arrête

Ces éclats de voix par moments, ces vociférations qui me cassent les oreilles, il fait encore si chaud.

Et ces murmures aussi, tenez, tous vos bavardages murmurés.

Alors dites-le tout fort, ce que vous avez à dire.

— Et oui, il peut neiger en Algérie. Il y a même une station de ski.

En 1958, l'année de la photo, j'étais trop jeune pour que ma mémoire conserve des souvenirs précis. Ils sont venus après : mon père rentrait tard le soir, à cause de son métier. Je me rappelle la couleur de son taxi, qu'il garait au bas de l'immeuble et l'odeur qui entrait dans l'appartement quand il arrivait. Un mélange de tabac froid et d'anis, qui signalait aussitôt sa présence. Je me souviens de son grand corps sur le canapé du salon, de la télévision allumée sur des images que je ne comprenais pas, qui ne me disaient rien. Parfois tu allais t'asseoir tout contre lui et alors, il me semblait que tout devenait plus lumineux et plus doux. Mais cela n'arrivait pas souvent.

— Savez-vous quel est le premier roman de Camus ?

Ils savaient, croyaient savoir,

— C'est *L'Étranger*, Madame !

Le titre a fusé de tous les côtés de la salle, trop facile la question et il s'est heurté aux murs, puis s'en est allé par les fenêtres.

— Mais non. Son premier roman s'appelle *La Mort heureuse* et c'est une histoire triste.

Ils ont été déçus, ont plongé dans leurs notes. Puis m'ont demandé d'écrire le titre au tableau. C'était un drôle de titre, ils voulaient être sûrs. J'ai écrit LA MORT HEUREUSE, en lettres capitales. Comment peut-il exister une mort heureuse ?

— C'est un livre sur l'argent et le bonheur. Il y est dit qu'un pauvre ne peut pas être heureux.

Une fille assise tout près de moi m'a lancé un regard étonné, à côté d'elle un garçon riait en secouant la tête. La salle sortait soudain de sa torpeur, on aurait dit que le soleil, surpris par ma remarque, était tombé d'un cran dans le ciel. Ou alors il s'était incliné pour eux, pour les laisser enfin tranquilles.

— Je vais peut-être refermer la porte à présent, qu'en dites-vous ?

***

Dans ce roman, le vieux Roland Zagreus n'a plus de jambes, parce qu'il a eu un accident. Il a de l'argent, beaucoup d'argent mais ne peut plus marcher et ce n'est pas une vie, l'argent sans le plaisir de parcourir la ville à pied, d'avancer dans les herbes sauvages le long de la mer. Un jour, un homme très pauvre entre chez lui et le tue pour prendre son argent. Ainsi cet homme deviendra riche et heureux.

— C'est l'idée, je ne sais pas ce que vous en pensez… cette définition du bonheur, son rapport étroit avec l'argent. La mère de Camus était pauvre, elle faisait des ménages pour élever ses enfants. C'est sûrement la raison. L'homme qui prend le revolver et tue Roland Zagreus s'appelle Mersault. Ne confondez pas avec *L'Étranger*. Mersault et Meursault c'est différent, à une lettre près. L'un a donné naissance à l'autre, mais au fond ils se ressemblent peu.

J'étais restée debout, je me déplaçais sur l'estrade et mes talons résonnaient encore sur le bois, comme d'habitude. J'ai pensé que cela faisait partie de mes cours, le bruit de mes talons et que si je renonçais aux escarpins, je n'arriverais sans doute plus à travailler avec eux. J'ai pensé qu'alors les écrivains finiraient par m'en vouloir, par crier à la trahison. Je me suis dirigée vers le tableau et j'ai inscrit ce nom, MERSAULT, sous le titre du roman.

— Notez-le, allez-y. Mais vous n'êtes pas obligés de lire ce livre. On ne peut pas tout lire. À l'instant du meurtre, Roland Zagreus a eu envie de pleurer.

Une mouette égarée a poussé un cri, comme pour saluer le coup de feu assassin qui fit s'affaisser le corps de l'infirme. Un garçon assis derrière Sébastien a tourné la tête vers la fenêtre, un instant distrait par l'oiseau. Mais ces mouettes-là ne connaissent pas le Sud, les dattiers et les déserts de sable. Elles n'ont rien à voir avec Camus, elles ignorent les côtes brûlantes des mois durant et la mer qui ne se retire pas, elles ne sont pas les filles du soleil. Elles préfèrent les embruns d'ici, jouent à se perdre dans les brumes froides qui montent depuis l'horizon et envahissent les côtes. Le gros oiseau s'est éloigné à nouveau, est allé se perdre avec les autres beaucoup plus loin, là où les plages à cette heure devenaient peu à peu immenses et je leur ai parlé de tout ce que Camus aimait dans son pays. Les pastilles à la menthe sur lesquelles un message était gravé en lettres rouges.

M'aimez-vous ?
À la folie.

Et cette ardeur de vivre, cette urgence – prendre une femme et faire des enfants, se moquer de Dieu, de la vie après la mort, ne pas y croire ou faire juste semblant, courir pour ne pas rater un autobus, arriver à la plage et plonger dans la mer.

***

L'heure avançait et je les voyais se détendre peu à peu, étirer leurs jambes sous les bureaux, prendre des poses. Les garçons regardaient les filles, à la sortie ils traîneraient ensemble dans la cour et sur les trottoirs, avant de monter dans les autocars qui les ramèneraient chez eux. À travers les fenêtres, ils salueraient le ciel devenu bleu marine, se diraient que la vie pouvait être facile et plutôt joyeuse. Pour l'instant, assis dans cette salle où ma voix les endormait un peu et semblait bercer leurs rêveries, ils oubliaient les mathématiques et la physique, ce qu'ils appelaient *les cours importants*, qui décideraient de leur avenir. Ils n'y pensaient plus et se retrouvaient peu à peu, à mesure que les minutes passaient, dans un autre monde que celui des formules et de la poussée d'Archimède. Le monde flottant de la littérature et de ses récits, dont ils se demandaient souvent à quoi ils pouvaient leur servir.

— Camus a écrit des *récits*, oui c'est le terme exact. Ces histoires qu'il nous raconte ont un début, un milieu et une fin… dites *roman*, si vous préférez. Quelle importance, ces mots. Au théâtre aussi il y a des récits, un jour il faudra que je vous parle des *Justes*. La pièce a été jouée à Marseille, il y a longtemps. J'avais quitté l'Algérie et j'étais beaucoup plus jeune que vous…

Ils ont lâché leurs notes et se sont regardés, impatients, si elle commence à nous raconter sa vie, on s'en moque bien de sa vie de sa life de ce qu'elle a pu faire

Staïve, rien à cirer

On s'en fout on s'en bat l'œil on s'en bat les…

— Je vous dis cela à cause de Maria Casarès, dans la pièce elle jouait Dora, portait une robe noire très serrée et se tenait droite. Elle avait gardé son accent espagnol et sa voix s'élevait vers les derniers sièges, près du plafond. Elle était très belle. Et le soir, quand elle rentrait chez elle, elle écrivait à Camus, pour lui dire qu'elle l'aimait à la folie. Elle lui racontait la représentation, les spectateurs toussaient fort parce qu'il y avait une épidémie de grippe à Paris, elle aurait volontiers offert des pastilles Valda à celui qui la dérangeait tant, au premier rang. Elle s'amusait, imaginait son rire à lui, ses mains sur elle, son regard d'homme qui faisait d'elle une petite fille.

***

Ma petite Maria, écrivait-il au début.

Les jours de relâche, après un enregistrement à la radio, Maria Casarès rentrait chez elle et s'il faisait beau, elle prenait un bain de soleil sur son balcon. Et moi, dans cette salle à présent moins brûlante – bientôt le soleil disparaîtrait derrière le bâtiment de l'internat – j'étais là pour les apaiser, leur offrir une certaine douceur de vivre. Quoi de plus tranquille et de plus doux qu'un corps d'actrice espagnole à demi-dénudé, allongé quasi immobile dans la chaleur de l'été, au milieu des bruits de la ville ?

— Elle l'appelait *mon cher amour*, disait détester les dimanches sans lui, les matins et les soirs sans lui, les semaines sans le voir. Elle se souciait de sa santé fragile, de ses états d'âme si changeants, voulait savoir à quoi ressemblait la chambre où il dormait, qui il avait rencontré à Rome, à Rio, sur quels chemins de Provence il était allé marcher, à pas lents comme il le faisait… mais il me semble avoir entendu la sonnerie, notre première heure est terminée, n'est-ce pas ? Alors laissons Maria. Vous pouvez vous lever et sortir un moment, si vous le voulez. Ou rester ici bien sûr, je ne vous chasse pas, bien au contraire. Mais si vous quittez cette salle, restez à l'étage, s'il vous plaît. N'allez pas nous mettre en retard. J'ai encore tant de choses à vous dire.

Tant de choses et avant que vous ne vous leviez… à Rio, Camus a dîné avec un philosophe polonais ennuyeux comme la pluie, un metteur en scène et un poète, un homme d'affaires qui l'a raccompagné dans une Chrysler énorme et…

***

Ils ne m'écoutaient plus. Peu importaient les marques de voitures, ils ont fui les uns après les autres, mais très lentement, comme s'ils disposaient d'un temps infini qui n'était pas du tout le même que le mien. Quelques-uns cachaient une cigarette dans leur main, je savais qu'ils sortiraient pour aller fumer et qu'il faudrait les attendre. Ce n'était pas si grave, tout compte fait. D'autres s'étiraient comme s'ils sortaient d'un long sommeil, c'est la chaleur Madame, il faudrait changer de bâtiment, l'après-midi c'est trop dur. Et votre histoire d'instituteur, comment elle s'appelle ?

Ils se plaignaient, souvent. Ils aimaient faire cela, râler. Et trouver les livres trop longs ou trop difficiles, ou trop vieux ou impossibles à trouver, il fallait commander.

Ma mère elle les lisait déjà quand elle était au lycée, ces histoires.

Et de la science-fiction, on pourrait pas ?

Plusieurs filles sont restées dans la salle, en groupe serré. Elles se murmuraient des secrets en rajustant leurs chignons hauts, riaient par moments puis se taisaient tout à coup, semblaient se mesurer les unes aux autres, établir une échelle de valeur. L'une d'elles a ôté l'élastique qui maintenait ses cheveux, a secoué la tête puis s'est penchée vers ses pieds, avant de se redresser. Je connaissais cette cérémonie de la pause, cette façon de récupérer sa beauté, buste triomphant, regard en quête d'approbation. La conversation autour d'elle avait repris, plus animée cette fois. J'ai regardé mon livre sur le bureau, la photo de Tipasa était toujours là, bien sûr.

Elle se trouvait là depuis si longtemps. J'aurais pu faire le compte des années, je n'ai pas voulu. Je me suis raccrochée à l'âge de Valentine, elle aurait trente-trois ans dans un mois, quel bel âge trente-trois ans, c'est l'âge du Christ ma jolie fille, mon amour. Il y a trente-trois ans, j'aimais un homme moi aussi et nous n'en parlerons plus.

***

J'ai pris la vieille édition de *L'Étranger* dans mes mains et j'ai ouvert le livre, à la fameuse page du meurtre. Meursault a fait un pas en avant sur une plage chauffée à blanc, le soleil brûlait son visage, son front surtout et l'Arabe a sorti son couteau. Ensuite il y a eu les cymbales. J'ai observé un moment le cliché vieux de tant d'années – presque une vie, me suis-je résolue à penser. Entre la petite fille en tenue de bébé qui se tenait au milieu de l'image avec un chien auprès d'elle et moi derrière mon bureau, dans ma robe serrée à la taille et mes escarpins, la distance devenait immense et j'aurais beau tendre les bras, elle aurait beau tenter de me faire entendre sa voix… qu'aurait-elle à me dire, d'ailleurs ? Que je menais une vie qui lui convenait, qui ressemblait à peu près à ce qu'elle imaginerait bientôt ? Un cartable à mes pieds, des feuilles A4 posées sur le bureau, un cahier de textes à remplir, tout cela n'avait rien de très surprenant, pour elle qui allait tant aimer l'école.

— Plus tard, tu seras maîtresse. Ou professeur.

— Tu es sûre ?

— À peu près sûre. Et tu te marieras et tu auras des enfants.

— Sans doute, oui. Combien d'enfants ?

— Ne me pose pas ce genre de question, je ne peux pas tout deviner.

— Et je vivrai longtemps ?... À ton avis ? Tu ne réponds pas ? Laisse ce chien à poils ras, il n'est pas beau du tout et réponds-moi…

Mais les années avaient passé beaucoup trop vite, dans son petit cerveau elle n'aurait jamais imaginé une vitesse pareille. Et je n'étais pas morte, ce qui signifiait que j'étais restée très bonne au jeu des clés, auquel elle s'adonnerait longtemps avec volupté – je les lance le plus haut possible et si je ne les rattrape pas, si je rate mon coup, je meurs. J'étais toujours là et les clés de mon appartement, accrochées à un vieux scoubidou, se trouvaient dans mon sac à main avec mes papiers et mon tube de rouge à lèvres. J'ai aussi réalisé que ceux qui m'entouraient au moment de la photo avaient pu disparaître avec le temps, même le chien. Surtout le chien.

J'ai refermé le livre. Mes pieds avaient gonflé à cause de la chaleur et mes escarpins devenaient trop étroits, j'aurais voulu les enlever l'un après l'autre et étendre mes jambes, j'aurais voulu me transporter à la plage, la mer devait être déjà basse à cette heure et le sable sec encore tiède.

De l'autre côté de la porte, le couloir était devenu bruyant, bruissant de conversations, parcouru de rires semblables à des rires d'écoliers. Quel âge avaient-ils donc, quand ils s'échappaient ainsi des cours ? J'ai tourné mon regard dans leur direction, sans y penser, sans doute attirée par ce que je pouvais deviner de léger et de très joyeux. Et puis j'ai vu Sébastien et Marie. L'un en face de l'autre, séparés par quelque chose d'infranchissable – un mur trop haut, des fils barbelés, un ravin, un trou creusé dans le sol, un puits à sec, une rupture définitive.

Marie parlait, expliquait en s'aidant de ses mains qui s'agitaient comme des ailes d'oiseau. Elle ne voulait plus de Sébastien, c'était fini, archi-fini et Sébastien baissait la tête comme un homme vaincu. Pas un jeune garçon de seize ans sélectionné pour les prochains matchs régionaux de football, non, un homme qu'une femme envoyait se faire voir ailleurs, un homme blessé dans son cœur et dans son orgueil, pour la première fois de sa vie peut-être. Un saint au torse, au ventre, aux cuisses attaqués par des flèches de centurion romain, un saint la tête penchée, martyrisé contre son arbre sur une place publique et peint par un Italien. Sébastien s'était rapproché du mur et il entendait les paroles de Marie, des mots prononcés à voix basse exprès pour lui, pour le mettre à terre et en faire une pauvre chose égarée dans un couloir de lycée, au milieu du bonheur des autres, de leur insouciance. Il ne comprenait pas, qu'avait-il fait pour que tout change ainsi ? Comment un tel abandon pouvait-il lui arriver à lui, qui faisait rêver les filles, comment était-ce possible ? Et son corps se balançait d'une jambe sur l'autre, ses mains se cachaient à l'intérieur de ses poches, ses yeux cherchaient la résolution d'une énigme dans le sol en lino clair, que plus tard les femmes de ménage viendraient nettoyer à grande eau.

Puis Marie s'est éloignée de lui, a regagné la salle et s'est approchée de moi.

— Je l'ai lu, *L'Étranger*, Madame. Il est bizarre, cet homme.

— Je sais, oui. Nous tenterons de le comprendre.

— Et puis cette femme, qui a le même prénom que moi… elle n'aurait jamais dû rester avec lui. Il ne sait même pas s'il l'aime, c'est nul de dire une chose pareille. Moi à sa place…

— Vous n'êtes pas à la place de cette femme, Marie. Et je pense que vous ne vous ressemblez pas du tout.

Elle a souri, plutôt contente de ma remarque et j'ai pensé qu'elle avait un sourire ravissant, si ravissant que tout s'expliquait, bien sûr. Je me suis demandé aussi à quoi elle ressemblerait plus tard, peut-être perdrait-elle très tôt cette beauté qui les affolait tous, parce qu'elle aurait épuisé très jeune toutes ses ressources. J'avais vu cela se faire sur quelques-unes des plus jolies filles du lycée. Je les avais vues se faner en quelques années, comme s'il leur fallait rendre des comptes à la vie et à tout ce que cette vie leur avait déjà offert. Il m'arrivait de les croiser dans la rue, ou près des plages. Elles s'étaient mariées, avaient eu des enfants et cette nouvelle existence les avait attaquées, avait posé ses griffes sur tout ce qui faisait d'elles des êtres spectaculaires.

— Allez vite vous asseoir, ai-je dit à la jolie Marie. Le cours va reprendre, il est temps.

Au premier plan de la photo, grossi par la perspective au point qu'au premier regard on ne voit que lui, il y a Paul. Les cheveux fous de Paul, son air hilare, sa main levée en signe de refus amusé, arrête avec tes photos,

Arrête un peu

C'est chaque dimanche la même chose, tu nous mitrailles. Et qu'est-ce que tu vas faire de tout ça ? Un reportage ?

Mais attends, passe-moi l'appareil pour que je te prenne, toi. Il est joli ce foulard, c'est nouveau on dirait.

Et puis il faut que je te présente…

Paul ignore à ce moment qu'il mourra dans quatre ans, sur une route non loin de là. Une route secondaire qui part de la nationale et s'en va loin dans la campagne où rien ne pousse. Il se pense encore éternel, préservé de la guerre et de ses attaques par sa joie de vivre, son insouciance.

On a toujours vécu avec eux, pourquoi ça s'arrêterait ?

Et qu'est-ce qu'on a fait de mal ? On leur a pris la mer ?

La maison de Paul se trouve à flanc de rocher, sa barque est amarrée en bas, tout près d'un banc de sable. Parfois, parce qu'il a été réveillé au matin par le vent et la pluie, il craint que la corde ne se soit rompue au cours de la nuit, alors il descend par un sentier qui ressemble à un escalier. Il se tient aux branches des arbres nains, jure parce que son pied a glissé sur le sol encore humide, puis il contemple ce que le pays lui offre. La mer à l'infini, le gris du ciel et des rochers, la bande bleue à l'horizon. Il pense qu'il est heureux et qu'il dira cela au premier venu, je suis le plus heureux des hommes, ce qui compte c'est l'amour et le goût salé de l'eau quand on plonge, le reste on s'en fout.

***

Il ne sait pas qu'ils arrêteront sa voiture de représentant de commerce à la petite semaine. Ils le feront sortir, le tueront – comment, on ne voudra pas le savoir. Ceux qui ont cherché la vérité en ont été terrifiés. On retrouvera à la fin sa voiture, vidée de la marchandise qu'elle transportait, mais pas son corps. Il figurera un jour, beaucoup plus tard, dans la longue liste des disparus avec son nom, son prénom, son âge. Quarante-deux ans, ce qui est plutôt jeune pour mourir. Et pas juste, oh non pas juste.

Combien étaient-ils autour de lui, à hurler des ordres qu'il comprenait mal ? Et qu'a-t-il réussi à leur dire ? Est-ce qu'au moins il a pu parler, leur expliquer qu'il n'était pour rien dans cette guerre, qu'il ne fallait pas s'en prendre à lui ? Dans le coffre de sa voiture, il transportait deux valises bourrées de tissus.

Des tissus pour faire des robes, des chemisiers. Les femmes d'Alger adorent s'habiller, surtout le dimanche et dans la campagne par là-bas, elles veulent toutes leur ressembler. Vous connaissez les colons, ils ne savent pas ce qu'ils aiment.

Ce sont des cotonnades légères, oui, très colorées. *Made in Italy.* C'est mon métier et j'ai un client à dix kilomètres d'ici. Un gros fermier, une famille suisse. Il fait du vin et des cigarettes.

Et il m'attend, oui, n'allez pas me mettre en retard. S'il s'énerve, qu'est-ce qu'il m'achètera, tout riche qu'il est ? Des nèfles !

Ou alors tuez-moi, tenez et qu'on n'en parle plus, tuez-moi tout de suite mais faites que je ne sente rien.

Ou pas grand-chose, à peine une secousse. L'impression de plonger dans le vide, je sais ce que ça fait parce que je saute, moi, depuis les plus hauts rochers qui s'élèvent au bas de ma maison. J'adore faire ça, prendre appui sur mes jambes, les bras en avant et sauter, m'en aller tout droit vers le fond.

Et faites attention à mes tissus. Ça fait beaucoup d'argent, ce que je transporte à l'intérieur de mes valises.

Enfin vous verrez. Mais arrêtez de crier. Arrêtez de bouger, de tourner autour de moi, arrêtez cette danse que je ne comprends pas, c'est une cérémonie ou quoi ? Je vous en supplie, arrêtez…

***

Assez loin de moi sur la photo de Tipasa, à distance et en partie caché, se tient un homme. Il porte une veste en toile beige et contrairement à Paul, il ne sourit pas. Semble surpris par l'apparition de cette femme si belle, avec son appareil. Il porte des lunettes noires mais sa surprise est tangible, on la remarque au mouvement de l'épaule, à l'inclinaison de la tête.

Cet effet que tu faisais ! Comment pouvaient-ils résister ?

Tu es merveilleuse comme d'habitude, incroyablement séduisante mais il ne veut pas être sur la photo. Il voudrait fuir, n'en a pas le temps. Se sent capturé, piégé et a ce drôle de pas de côté, qu'on remarque tout de suite.

Pourquoi, dis-moi ? Et qui est cet homme ?

À bien l'observer, il a ce genre de nez cassé qu'ont les boxeurs, à force de prendre des coups et l'on peut remarquer une raideur de la jambe droite, un corps légèrement déséquilibré. Une séquelle d'accident, peut-être. J'ignore ce qu'il faisait là, si vous le connaissiez, si le chien que je tiens en laisse lui appartenait. Je ne me souviens pas qu'il ait un jour déjeuné avec nous, mais les enfants font-ils le compte des personnes assises à leur table ? Il semble en tout cas extérieur à la photo à ce moment-là, comme imposé après coup, en surplus.

Et où se trouvait mon père au moment où tu nous as photographiés ? Tu avais dû attendre qu'il s'éloigne, qu'il s'en aille vers la mer en contrebas, comme il le faisait chaque fois – l'appel du large, disait-il.

— Le plongeon des yeux dans le bleu. J'aurais fait un bon marin, moi, et me voilà toute la journée enfermé dans une bagnole, à écouter la radio au milieu des klaxons.

Un autre jour, au même endroit. Un autre dimanche, j'avais cinq ans, ou six ans. Tu préciseras.

— On ne va pas non plus pinailler, diras-tu. Et puis, ce n'était pas une bonne journée.

Sur la route qui nous menait aux ruines, vous vous êtes disputés. Il y a eu cette crise de jalousie, les reproches que mon père t'a faits, les comptes que tu devais rendre disait-il et puis il a frappé le volant de ses deux mains, comme s'il voulait le briser et que tout se casse, notre vie à tous les trois, ses courses avec son taxi, notre existence au soleil. Il a dit que nous allions tous mourir dans cette guerre qui s'embrasait et que ce serait mieux, sûrement. Tu as hurlé qu'il ne fallait pas prononcer des paroles pareilles devant moi, ne raconte pas ces bêtises devant la petite as-tu dit et regarde la route, ne va pas nous tuer.

Tu sais bien que je t'aime.

Ou bien je fais semblant, certains jours je me demande

Je ne sais plus

L'autre, il n'a pas d'importance

Tu ne le connais même pas. On a dansé, on a juste dansé.

Et si tu étais un peu plus là, aussi.

Si tu arrêtais un peu avec ton taxi et si tu m'emmenais, le soir.

Et ne va pas faire un scandale devant tout le monde, quand nous serons là-bas. Qu'on déjeune en paix, pour une fois.

À l'arrière de la voiture, j'ai fait semblant de dormir, comme font les enfants quand les adultes se détestent. Puis les voix se sont tues, la voiture roulait moins vite me semblait-il, elle aussi s'était calmée. Je veux dire le moteur, le bruit qu'il pouvait faire.

**

Avant d'aller marcher au milieu des pierres, tout le monde a déjeuné ce jour-là dans un restaurant. Les fenêtres donnaient sur la mer en contrebas, le restaurant avait un nom minéral qui m'impressionnait. Le *Rocher noir*. On devrait penser aux enfants avant de choisir des noms pareils. J'entendais celui-ci et j'imaginais des grottes profondes creusées dans la roche, où j'allais finir par me perdre. J'avancerais les bras en avant, comme une aveugle et personne ne me retrouverait, jamais. Je serais la disparue du Rocher noir et l'on parlerait de moi dans les journaux.

Vous ne vous étiez pas assis l'un à côté de l'autre, sans doute aviez-vous peur d'une nouvelle bataille. Les nappes étaient blanches et tombaient jusqu'au sol, les voix résonnaient dans la salle avec des éclats de rire, des plaisanteries habituelles qui vous amusaient tous, chaque fois les mêmes car il ne fallait rien changer. Une modification dans ce rituel immuable et protecteur et une brèche s'ouvrirait, laissant revenir les bombes, les fusillades à quelques kilomètres de là.

L'anisette contre la guerre, les blagues contre la guerre, la légèreté avec la mer au loin, contre le poids des haines et des révoltes, contre tout ce qui vous blessait, vous terrifiait aussi certains jours, vous empêchait alors de dormir.

***

Paul est arrivé après les autres, s'est excusé. Il tenait sa veste en toile à la main, il avait eu chaud dans la voiture.

— Tu es toujours le dernier, a dit mon père, on n'est pas surpris. Et viens vite t'asseoir, on t'attendait pour commander, qu'est-ce que tu bois ?

Paul s'est installé à côté de toi, mon petit frère a mauvaise mine as-tu dit en riant. Mon petit frère est fatigué. Qu'est-ce que tu as encore fait de ta nuit ?

Cette nuit, Paul a aimé Paloma. Il l'a couverte de baisers.

— Allez, dis-nous vite. Comment elle s'appelle ? Parce que c'est déjà fini avec l'autre, on dirait, on n'entend plus parler d'elle.

Cette nuit, Paloma a crié des mots d'amour. Ils ont peu dormi l'un et l'autre et au matin, leurs corps se sont livrés une nouvelle fois, volets clos, à la grande bataille des amants.

— Tu crois que la guerre va finir ? a demandé Paloma.

— Tais-toi, oublie ça. Et puis ce n'est pas une guerre, on ne compte pas les morts.

***

Les premiers plats sont arrivés, tout le monde s'est tu autour de la table. Je n'avais pas faim, je n'avais jamais faim, je détestais les restaurants et celui-là plus que les autres.

— Mais mange un peu, me disais-tu, tu vas devenir transparente, à la fin.

Puis tu t'es penchée vers Paul.

— Il faudra que tu nous l'amènes cette femme, une autre fois.

— Bien sûr. Elle vous plaira.

Paul a gardé la sensation du corps de Paloma sous ses doigts. Il y a une empreinte, là dans la paume de ses mains et il pose sa fourchette et son couteau, observe la peau plus fine et plus pâle à cet endroit, la ligne de vie, très longue, la ligne de cœur. Il voudrait…

— Et voilà, il rêve et il oublie de manger, on l'a perdu ! Il est amoureux ! Paul est amoureux, ça faisait longtemps !

Le 6 juin 1944, les troupes alliées débarquent en Normandie et Camus serre contre lui le corps nu de Maria Casarès. Ils se sont rencontrés chez des amis, se sont revus. Camus engage la jeune actrice espagnole pour jouer le rôle de Martha dans le Malentendu.

— Je pourrais vous parler de cette pièce, le Malentendu. Le texte était terminé à cette date. Mais je me demande si nous en avons le temps.

Les têtes se sont levées, ils ont regardé l'heure sur l'horloge accrochée au mur, pour voir. Ils se sentaient un peu perdus, se demandaient ce qui était important et ce qui ne l'était pas.

— Mais tout est important, si l'on veut comprendre quelque chose !

Dans *Le Malentendu*, Martha tient une auberge en Tchécoslovaquie, avec sa mère. Elle voudrait être riche, pour fuir le froid et le gris, s'allonger sur des plages au soleil. Un jour, un nouveau client arrive. Un homme plutôt jeune, très beau. Il s'appelle Karl. Karl Hasek. Il s'agit de son frère, qu'elle ne peut pas reconnaître. La mère non plus ne peut pas le reconnaître, elle ne peut pas comprendre qu'il est son enfant, elle ne l'a plus vu depuis trop longtemps, il a changé. Et lui, il se tait. Il pourrait dire qui il est, annoncer à la mère qu'il est son fils, à Martha qu'il est son frère, mais il ne le fait pas. Pour lui voler son argent, à la nuit tombée les deux femmes le tuent.

— Si cet homme avait dit la vérité, s'il avait parlé simplement, alors les choses auraient été très différentes. Je crois que Camus pensait que nous manquons tous de simplicité. Je crois qu'il avait raison.

Dans sa cellule, Meursault découvre un morceau de journal, sur lequel on relate un fait divers et c'est la même histoire. À la fin, la mère se pend et la fille se jette dans un puits. Mais je n'allais pas non plus tout leur raconter.

***

Camus a réuni ses acteurs pour une première lecture de la pièce. Ils lisent le texte d'une façon purement mécanique, juste pour le rendre sonore, lui accorder une première vie. L'écrivain tient à ce genre de séance. Et il observe Maria. Son visage si fin, son profil d'oiseau. Il écoute son accent.

Ah ! Mère ! Quand nous aurons amassé beaucoup d'argent et que nous pourrons quitter ces terres sans horizon, quand nous laisserons derrière nous cette auberge...

Camus devine le corps très mince de Maria à travers le tissu de la robe, tout à l'heure quand elle est entrée dans la pièce, il a surpris le dessin de ses jambes. Il est séduit. Elle est plus jeune que lui et plus vivante, plus légère. Elle n'est pas malade, elle. Elle ne se plaint pas, ne se couche pas au milieu de la journée, ne va pas à l'hôpital. Avec Maria, puis d'autres femmes, il rendra son épouse très malheureuse. Il ratera sa vie privée, dira cela, ma vie privée est un désastre et heureusement que j'ai l'écriture.

On écrit parce qu'on n'est pas heureux chez soi

Parce qu'on est un mauvais mari et un mauvais père, regardez Paul, mon fils.

Mais elles tombent toutes dans mes bras, pourquoi est-ce que je m'en priverais, dites-moi ?

Pour l'instant, il oublie le texte sorti de son esprit et qui s'élève à l'intérieur des murs, il oublie Martha dans son auberge. Il contemple Maria, il est déjà amoureux.

On les voit tous les deux sur une photographie, ils se trouvent dans un appartement de la rue Vaugirard, à Paris. Ils viennent de se lever, Maria porte un peignoir et Camus une robe de chambre sur un pyjama. Il fume, peut-être est-ce sa première cigarette du matin. Maria a les mains dans ses poches, ses cheveux sont relevés, elle a dû dormir ainsi, les cheveux attachés. Ils sont sortis sur le balcon pour la photo, qui est mal cadrée, comme si l'on avait voulu les surprendre. Ils n'ont pas le droit de s'aimer. Mais ils sourient, ont l'air heureux.

Je suis fatigué, j'ai besoin de toi
Il y a maintenant en moi quelque chose qui tremble

— Le père de Maria Casarès avait été Président de la seconde république espagnole. Ce qui ne vous dit certainement pas grand-chose. Il avait été contraint à l'exil, à cause de Franco…

Mais je constate que vous notez cela, tous. J'ai vu vos têtes s'incliner, j'ai entendu le petit bruit sourd que font les stylos-feutres sur le papier et il y a à présent dans la salle cette agitation fébrile… est-ce si important ? Peut-être. Peut-être cette histoire d'amour aurait-elle été très différente, ou simplement impossible, si le père de Maria n'avait pas exercé cette fonction, s'il avait été un simple républicain espagnol contraint à l'exil. Un employé de bureau, un ancien policier, un épicier, un pêcheur en haute mer, un boulanger. Un homme simple qui se serait retrouvé dans un camp du côté d'Argelès avec sa famille, avant de trouver un travail à Paris.

***

J'ai balayé la salle du regard. Ils notaient des dates, des noms et l'amour s'éloignait, les amants coupables quittaient le balcon pour aller se cacher au fond d'une chambre. Je les ai tous regardés, les garçons et les filles et mes yeux se sont arrêtés sur Sébastien. Le soleil l'avait déjà abandonné, il avait croisé les bras et se tenait immobile. Il fixait un point derrière moi du côté du tableau, son regard m'a traversée et s'est posé là, quelque part dans le noir encore taché de traces de craie. Peut-être cherchait-il encore le visage de Marie, qu'il n'avait plus le droit de contempler, qui ne lui appartenait plus. Mon père t'a recherchée longtemps lui aussi, je l'ai su plus tard, aux enfants on cache des choses importantes. Tu avais déménagé avec moi, tu n'avais laissé aucune adresse et il a dû se perdre avec son taxi dans les rues d'Alger, parcourir tous les quartiers pour tenter de t'apercevoir. Il a dû refuser des clients, leur dire je suis désolé mais j'ai une course urgente, là, quelqu'un m'attend à l'autre bout de la ville et je ne peux pas renoncer, prenez donc une autre voiture, il en passe souvent à cette heure. Et ne vous plaignez pas, est-ce que je me plains, moi, avec ce qui m'arrive ?

C'est ce que j'imagine encore aujourd'hui.

Tu ne voulais plus de lui. Tu disais ton père, ce fou parce qu'à la fin, vous vous étiez battus et qu'il était plus fort que toi. Comme s'il n'y avait pas assez de batailles dans cette ville, déjà. Et puis un jour, tu es retournée le voir. Tu as pris un autobus qui a traversé la ville, puis tu as marché jusqu'à la station de taxis. Un chauffeur que tu connaissais bien se trouvait là, tu lui as demandé si tu avais une chance de voir ton mari. Il t'a rassurée, il n'allait pas tarder. Tu as attendu. Je me souviens que tu avais passé un long moment à te préparer avant de partir. Tu es revenue beaucoup plus tard dans notre nouvel appartement, avec un visage différent.

— Je suis très fatiguée, m'as-tu dit. Je crois que je ne vais pas dîner, mon amour.

Et je me suis emparée de ces deux mots, *mon amour*, je les ai capturés pour les garder tout contre moi, une nuit entière au moins. Puis tu m'as dit que mon père viendrait nous voir de temps en temps, qu'il m'emmènerait au cinéma si je le voulais, il y avait des séances pour les enfants dans le quartier, le dimanche matin.

— Tu lui diras ce que tu as envie de faire, je crois qu'il sera d'accord. Et mange, surtout, as-tu dit avant de disparaître dans ta chambre.

***

— Maria Casarès a quitté Camus l'année même de leur rencontre. 1944, oui. Vous et vos dates ! Elle l'a quitté parce qu'il était marié et que sa femme revenait. Elle ne voulait pas d'un amour adultère, elle ne voulait pas le partager. D'ailleurs leur correspondance s'arrête à ce moment-là. Ils ne se voient plus, ne se parlent plus, ne s'écrivent plus, ne se téléphonent plus, deviennent étrangers l'un à l'autre. Et puis un jour, quatre ans plus tard, ils se sont croisés par hasard, boulevard Saint-Germain. Un drôle de hasard, peut-être existe-t-il un chemin particulier qu'emprunte parfois le destin, un chemin spécial pour les amoureux. Ils n'ont pas résisté.

Un garçon sur la rangée de gauche a mimé un violoniste, une fille près de lui a haussé les épaules en le fusillant du regard. L'amour les gêne à cet âge, l'amour devient un problème insurmontable quand il faut le dire vraiment, dire à quoi il ressemble. L'amour dès lors qu'on ne s'amuse plus, l'amour grave sans fioritures et qui fabrique du bonheur et de la peine, l'amour sans vulgarité, sans baiser fourrer niquer et tous ces mots qu'ils connaissent par cœur et les protègent. L'amour avec des mots simples.

— Ils s'aimaient vraiment, ils n'ont rien pu faire. Et puisque nous sommes ici ensemble…

Puisque je suis là devant vous, assise à ce bureau sous lequel tout à l'heure j'ai ôté l'un de mes escarpins, je n'en pouvais plus. Peut-être ceux du premier rang remarqueront-ils mon pied nu, sans vernis à ongles sans rien, juste la peau rougie par le frottement du cuir. Puisque j'ai ouvert cette salle orientée sud, l'une des salles les plus inconfortables du lycée quand l'été s'insinue avant l'heure, sur ce point je pense que vous serez d'accord avec moi, vous détestez la chaleur. Vous dites qu'il fait lourd dès qu'on ne gèle pas dans ce pays, oui c'est l'expression que vous employez, *il fait lourd* et la mélancolie me prend alors. Elle pèse son poids, tout le poids du ciel sans vent ni pluie ni course des nuages.

Puisque donc nous nous trouvons ensemble, dans une après-midi sans mélancolie aucune

Et puisque je suis là – mais le ciel semble se couvrir tout à coup, regardez donc par la fenêtre. Puisque je suis là pour faire en sorte que vous ayez toutes les références nécessaires, il suffira d'ouvrir vos classeurs et hop

Des œuvres des dates de parution des titres des explications

Parce que Camus a beaucoup écrit, bien sûr.

Des romans des pièces des essais des articles dans les journaux

Ces lettres aussi, oui, ces lettres d'amour fou

Puisque

Puisque tout cela

— Les deux amants se sont retrouvés par hasard, parce que leur existence les avait conduits à marcher l'un et l'autre le long de ce boulevard de la rive gauche, lui dans un sens et elle dans l'autre – il l'aura reconnue de loin et son cœur se sera emballé. Elle, regardait ailleurs et ne l'a pas vu tout de suite, ainsi il y a eu ce décalage merveilleux. Lui s'est arrêté, l'a laissée venir à lui, attendant qu'elle tourne légèrement la tête et le voie, enfin et le temps s'est dilaté comme il sait le faire dans de tel moments, mais pas pour elle. Elle, se hâtait vers un enregistrement à la radio ou un rendez-vous pour un essayage et ses talons hauts tintaient sur le trottoir mais il n'a pas entendu ce bruit, à cause des automobiles qui passaient, de tous les bruits de la ville. Ils n'ont même pas souri quand ils se sont trouvés face à face, ne se sont pas touchés, pas même une main, rien. Ils sont restés un moment l'un en face de l'autre, muets et empêtrés dans une émotion trop grande pour eux. Maria Casarès était une actrice déjà célèbre et Camus était devenu un grand écrivain. Un an auparavant, il y avait eu la publication de la Peste. La Peste à Oran, un rat au milieu du palier et au fond du corridor. Puis d'autres rats. Vous lirez ce livre si vous le voulez. Si vous en avez le courage, il est long et assez ennuyeux. Et quand je dis assez… savez-vous que le bacille de la peste ne meurt jamais ? C'est écrit à la fin du roman. On croit en avoir fini mais non, il attend dans les caves, les tiroirs, les vêtements et les lettres d'amour.

***

Je n'avais rien inventé en parlant du temps, au-dehors le ciel s'était assombri. Il avait suffi d'un petit nuage, sûrement venu en éclaireur et voilà que le mauvais temps arrivait. L'orage. Les cultivateurs seraient contents, pour une fois.

— Camus a accumulé des bouts de papier durant quatre ans et à la fin, de tout ce bazar est sorti un roman.

Ils s'étonnaient, quatre ans pour écrire un livre, ces écrivains sont fous, un truc de ouf Madame, quatre ans pour un roman qui tient dans la poche, on hallucine.

— Il a son idée et fait des plans sur des feuilles, ne les suit plus. Il lit des études sur la peste, sur les symptômes et l'évolution de la maladie, se renseigne sur les grandes épidémies qui ont dévasté l'Europe et l'Asie. Les dernières pestes en Algérie remontent au début du siècle, mais il y a eu cette vague de typhus à Oran. Il a noté des dates et des chiffres, comme vous.

Je les voyais hésiter, se figurer une carte de l'Afrique, quitter la Tanzanie, le Congo, le Tchad, le Niger et le Mali, monter jusqu'au nord. Ils m'ont demandé si Oran se trouvait au bord de la mer.

Bien sûr.

Avec des chameaux ?

Mais non, les chameaux vivent beaucoup plus bas, vers le désert où circulent les Bédouins.

Ils ont deux bosses, les chameaux. Une bosse, ce sont les dromadaires. Et arrêtez donc de me poser des questions pareilles.

— À Oran, les tramways jaunes circulaient autour des caoutchoucs et des palmiers, qui faisaient une ombre fraîche. Camus écrit que c'est une ville sans pigeons et sans jardins mais c'est faux, il invente. Il ne faut pas trop croire les romanciers, ils préparent leur coup, écrivent ce qui les arrange.

J'ai vu un jour une photographie en couleurs sur laquelle tu étais assise en équilibre sur le dos d'un dromadaire. Tu riais et je ne savais pas qui avait pris cette photo, s'il s'agissait de mon père ou de l'un de tes amants. Cette fois, tu n'avais rien écrit au dos de la photo, comme si tu voulais en taire le lieu, la date. Comme si c'était ton secret. Le dromadaire avait cet air snob qu'ils ont tous et il s'apprêtait à t'emporter vers la piste, qu'on devine sur la photo. Tu ignorais où vous alliez, la bête hautaine et toi, vers quel horizon, tu te laissais faire. Tu as toujours laissé la vie t'emporter et c'est bien ce qui me terrifiait à présent, cette décision qu'elle avait prise, ta vie, de te conduire tout au bout, là où il te faudrait renoncer.

— Je crois que votre maman baisse les bras, m'avait dit le médecin. Je crois qu'elle abandonne la partie.

Ses procédés oratoires m'avaient agacée, je m'étais contentée de hocher la tête pour ne pas faire d'histoires et n'avais pas répondu. Abandonner la partie ! Tu ne jouais pas une partie de tennis ni même une partie de poker, d'ailleurs tu détestais courir après une balle et les jeux de cartes t'ennuyaient. Tu étais simplement en danger de grande vieillesse et c'était pour moi une perspective inacceptable.

Il y a des femmes trop belles pour devenir des momies, me disais-je. Il faudra que j'en parle à ce jeune médecin qui ne comprend rien à rien.

***

Le dromadaire sur la photo avait une seule bosse, sur laquelle on avait posé une selle recouverte d'un tissu de laine coloré et toi, tu portais un foulard qui retenait tes cheveux, comme sur les ruines de Tipasa quand le vent se levait. Ce n'était pas le même foulard, celui-ci était moins voyant, mais tu l'avais noué sous ton menton de la même façon. Tu détestais que le vent te décoiffe et le sirocco te rendait folle, tu ne voulais plus sortir de l'appartement. Tu tournais en rond, fuyais les fenêtres.

— Va jouer dehors si tu veux, me disais-tu. Moi je reste là, je crois que ma tête va éclater.

Au-dehors, la température avait brusquement baissé, le vent s'était levé. Ils m'ont demandé si l'on pouvait faire quelque chose pour arrêter le courant d'air. Leurs feuilles menaçaient de s'envoler et avec elles, la douce léthargie dans laquelle je les avais laissées s'installer. Bientôt c'en serait fini de la paresse, de l'indolence des derniers cours.

— C'est le vent, faites attention. On dirait qu'il y aura de l'orage, ce soir.

Je suis allée fermer l'une des fenêtres, j'ai remarqué la course des nuages, cette accélération dans le ciel, comme s'il y avait une urgence. En bas, la cour était vide. J'ai pensé que nous devions être pratiquement seuls dans le bâtiment à cette heure, ma classe, Camus et moi et de cette intimité particulière, j'ai tiré une certaine fierté. C'était stupide, sûrement.

— Vous voulez bien fermer l'autre fenêtre au fond, s'il vous plaît ? Mais ce sera bientôt l'heure, il me semble.

***

J'ai quelques souvenirs de notre départ en bateau. Je n'en ai jamais parlé à personne, pas même à Valentine. Tu sais bien que les enfants détestent nos tragédies, ils les fuient comme la peste, s'en vont dans une autre pièce dès qu'on commence et nous laissent là avec nos mauvais souvenirs.

Disent qu'on exagère

Que ce n'est pas intéressant

Qu'il y a tant de choses plus graves et qu'on ne va pas refaire l'Histoire. Que si ça se trouve on n'a rien compris, parce qu'on était trop jeune.

Il y a eu cet ordre d'un militaire : *couchez-vous !* et un bruit de fusillade que j'ai immédiatement reconnu et que j'entends encore.

Tatatatata

Tu t'es couchée sur moi pour me protéger et j'ai senti ton parfum, j'ai alors pensé qu'il ne pouvait rien m'arriver. On ne peut pas mourir sous le parfum musqué de sa mère.

Il ne nous est rien arrivé. Tu m'as aidée à me relever, tu as tiré sur ma jupe écossaise, as remis les plis en place d'un geste rapide de la main – un geste d'experte en vêtements de petite fille, un geste de mère. Puis tu as sorti un foulard de ton sac. Ta valise était lourde, un homme t'a aidée à la porter jusqu'en haut de la passerelle. Tu l'as remercié en souriant, il a bombé le torse comme faisaient les hommes en ta présence.

Plus tard sur le pont, quand le bateau a quitté le port, nous avons regardé la ville qui s'éloignait. Quelque chose de très blanc, qui montait vers le ciel. L'homme qui avait porté ta valise m'a prise dans ses bras, m'a hissée devant lui pour que je voie la mer à nos pieds et le désordre incroyable des façades, que je n'en perde pas une miette, pas une miette de terrasse, de mur percé de fenêtres hautes, d'arcades en enfilade. Regarde bien, m'a dit une femme près de nous, c'est ton pays que tu quittes. Un drapeau flottait sur le pont.

— Ne parlez pas comme ça à ma fille ! as-tu crié et ta voix s'est perdue dans le bruit du moteur et le brouhaha des voix, des pleurs.

Une femme agitait un mouchoir pour dire adieu à Alger. Il lui faudrait de longues minutes pour que le pays tout entier disparaisse dans la brume. Toi, tu ne pleurais pas. Tu te tenais droite et l'homme te regardait avec étonnement.

— C'est bon, merci Monsieur, vous pouvez la laisser.

Puis tu as pris ma main, ta main à toi était glacée.

— Viens, on va aller se mettre à l'intérieur, m'as-tu dit, on sera mieux.

Les côtes bientôt disparaîtraient, avec un morceau de notre vie.

— Vous avez vu ce qui se prépare ? Il faisait si beau.

Je venais d'interrompre mon cours, surprise par une modification brutale de la lumière. Ils ont tourné leurs regards vers la fenêtre, heureux sans doute d'échapper un moment à la littérature, en toute impunité, sans avoir le sentiment désagréable de me faire faux bond.

— C'est pas que ce n'est pas intéressant Madame, mais on est là depuis huit heures du matin.

Il faut comprendre

Vous mettre à notre place

Deux heures de maths ce matin

Et le sport au gymnase, parce qu'ils nettoient la piscine. Ils auraient pu prévenir.

Et puis *L'Étranger*, comment il s'appelle ? Il n'a pas de prénom. Ou alors on n'a pas fait attention.

— Vous avez raison. Il existe des personnages, comme lui, qui n'ont qu'un nom de famille. On ne sait pas pourquoi au début, et puis on comprend. Vous verrez, vous comprendrez. Le Mersault de *La Mort heureuse*, lui, s'appelait Patrice. Il était tuberculeux, comme Camus. La nuit, son corps était parcouru de frissons insupportables et ni l'argent qu'il avait volé, ni les femmes qu'il séduisait n'y pouvaient rien. Il s'épuisait de jour en jour, maigrissait, parce que le bacille de Koch avait creusé des cavités profondes dans ses poumons, comme il l'avait fait dans ceux des pharaons.

— Les pharaons ?

— Ou d'autres Égyptiens moins connus. On a retrouvé des traces du microbe dans des momies.

— Sérieux ?

— Sérieux.

Jamais je ne mens, vous savez bien.

Et regardez bien ce tas de feuilles sur mon bureau, ce sont mes notes.

Imaginez leur poids dans mon cartable, vous m'avez déjà vue de loin dans les couloirs, vous avez vu mon corps chaque fois légèrement penché, déporté sur un côté par la charge.

Ces paquets de feuilles, c'est tout ce que j'ai appris sur Camus,

Ce que j'ai récolté, glané au long de mes heures studieuses, dans le silence approximatif de mon bureau.

J'ai des voisins bruyants, oui. Ils n'ont pas lu Camus, ne s'intéressent pas à la littérature.

Du moins je ne crois pas. Mais vous avez raison, on se fait des idées sur les autres, parfois.

Seulement ce bruit qu'ils font, jour et nuit…

La pluie avait commencé à tomber au loin, on apercevait le rideau fin qu'elle déployait vers l'horizon, pour avertir de son arrivée imminente et que chacun s'habitue à l'idée. La dernière sonnerie du lycée nous a bousculés, eux et moi. La salle avait déjà changé, c'était une salle du soir tout à coup, qui attendait le silence et la nuit. Ou une femme du service de nettoyage, qui fredonnerait une chanson souvent entendue à la radio et hausserait le ton sur le refrain. Quelles chansons aimait Camus ? Quelles musiques ? Les livres ne le disent pas. Ils ne décrivent pas non plus l'accident.

L'accident de voiture. Vous avez bien une minute, l'autocar vous attendra.

Ah bon, les chauffeurs n'attendent pas. Ils ne vous laissent pas vous asseoir devant les grilles du lycée, ou à la terrasse d'un café… mais vous n'avez pas de café où vous installer, c'est vrai. Vous avez raison. Dans les grandes villes, ceux qui vous ressemblent ont leurs tables attitrées, eux seuls peuvent s'y asseoir. Elles sont faites pour eux, pour leurs conversations et leurs chahuts. Ils y commandent du Coca-Cola, je crois. Je ne sais pas trop ce que vous buvez à votre âge.

De l'alcool, d'accord. Mais dans les cafés, j'imagine que vous n'y avez pas droit. Ou alors ils vous servent en cachette. Du rhum dans votre Coca-Cola, de la bière, de la tequila.

Donc je disais, les autocars feraient bien de vous attendre, car je voudrais vous parler de l'accident. C'est quelque chose une œuvre qui s'arrête, un homme qui meurt. Nous étions le 4 janvier 1960 et quelques jours plus tôt, Camus se plaignait d'être harcelé au téléphone par les journalistes, à propos de la mort de Gérard Philipe.

— Gérard Philipe, avec un seul p. Mais ce nom ne doit pas vous dire grand-chose.

Sur cette mort il n'avait rien à dire, rien de particulier sinon que c'était un évènement triste. *La vie sépare, voilà tout,* c'est ce qu'il a écrit à Maria Casarès. Et la vie allait le prendre au mot, car il faut croire que certaines phrases ne doivent jamais figurer dans aucune lettre, ni être prononcées, ni même pensées, ne serait-ce qu'une seule fois.

— C'était une route avec des platanes, comme il en existe partout en France. Ils avaient déjeuné à Sens, à l'Hôtel de Paris. Il a eu envie de dormir, s'est forcé à garder les yeux ouverts. Ce n'était pas lui qui conduisait. L'ombre et la lumière dessinaient des figures très régulières, plutôt jolies. Il s'est amusé à y reconnaître des silhouettes, des visages. Puis il y a eu cette longue ligne droite, la voiture est sortie de la route et a heurté un platane, puis un autre. Elle s'est enroulée autour de celui-là, dans un grand fracas. Des gens ont accouru, alertés par le bruit. Quelques-uns l'ont reconnu. Il avait rangé son manuscrit dans sa serviette noire. *Le monstre*, c'est ainsi qu'il l'appelait, parce qu'il n'en venait pas à bout. Il lui fallait retrouver ses souvenirs et cet effort de mémoire l'épuisait. Il est mort sur le coup sur cette route, à Villeblevin, près de Montereau. Quelqu'un connaît Montereau ?

La sonnerie s'est arrêtée, des voix ont retenti vers le fond du bâtiment, des bruits de pas, des rires. À les voir immobiles, j'ai cru un instant qu'ils auraient aimé rester, à cause de cette histoire d'accident de voiture. Qu'ils réclamaient d'autres détails, la couleur de la carrosserie et le nom de la route, sûrement une nationale.

— La 5, je crois. Mais quelle importance ?

Et l'identité du conducteur, est-ce que Camus fumait à côté de lui, ou pas. Est-ce qu'il y avait quelqu'un assis à l'arrière.

— Un chien, aussi. Il y avait un chien, il s'appelait Floc. Il a disparu au moment de l'accident, on ne l'a pas retrouvé.

Et parlaient-ils au moment du choc, étaient-ils en train de se moquer de quelqu'un, ou de poursuivre une discussion entamée au restaurant ? C'est important, les dernières paroles proférées, les derniers mots.

— Et le dernier visage, oui. *Le visage d'un dormeur très las.*[1]

Mais non, ils en avaient assez, tous. J'ai rangé mon livre et mes notes dans mon cartable et les ai libérés. J'ai observé un instant leur soulagement et ce plaisir qu'ils prenaient chaque fois à se lever, à s'étirer comme des chats. Ils m'ont tous dit au revoir, les uns après les autres. Sébastien était sorti le premier, Marie avait attendu qu'il disparaisse dans le couloir pour s'en aller.

— Lisez vite *L'Étranger*, ce n'est pas long. Nous verrons ce que vous pensez de Meursault.

— On a commencé, Madame. Ça prend la vie, ce livre.

— Mais non.

J'ai fermé ma salle et rangé la clé dans une poche intérieure de mon cartable. Dans ma tête, une voix chantait une histoire d'amour qui n'en finissait pas et je me suis dit qu'il faudrait que je t'offre une petite radio, pour te distraire quand tu retournerais chez toi. Parce que tu allais sortir un jour de cette maison, n'est-ce pas ? Il ne fallait pas croire le médecin, il était jeune, manquait d'expérience. D'ailleurs il avait la tête

---

[1] Emmanuel Roblès, qui veillera le corps de Camus, dira « Sous la lumière d'une lampe nue, il avait le visage d'un dormeur très las. »

de quelqu'un qui n'avait pas suivi tous les cours et avait réussi son concours d'internat on se demandait comment. Par l'opération du Saint-Esprit, par piston ou à cause d'une négligence du jury, qui avait la tête ailleurs.

Et puis je pensais que depuis longtemps, tu t'ennuyais dans ta solitude. Ce n'était pas nouveau, je crois que c'était depuis que les hommes ne te regardaient plus. Depuis qu'ils tournaient leurs regards vers d'autres femmes, beaucoup plus jeunes. Oui, je crois encore aujourd'hui que les hommes te manquaient et que tu ne pouvais pas t'y faire. Certains jours, on aurait même dit que tu n'avais plus envie d'ouvrir les yeux. Tu ne voulais plus regarder ce qui t'entourait, ou alors un simple coup d'œil, pour savoir si c'était le jour ou la nuit. Alors peut-être aurais-tu aimé écouter des chansons.

Le 24 décembre 1959, Maria s'est offert un ciré et un chapeau. Le 30 décembre, quelques jours avant l'accident, Camus lui écrit et ces mots, a posteriori, prennent une drôle de résonnance. Ils deviennent tragiques, aussi tragiques que les paroles du chœur des vieillards chez Sophocle, que les prophéties de la Pythie, que les paroles empoisonnées de Nostradamus.

Bon, dernière lettre. Juste pour te dire que j'arrive mardi, par la route… je téléphonerai à mon arrivée, mais on pourrait peut-être convenir de dîner ensemble mardi. Disons en principe, pour faire la part des caprices de la route.

Puis il ajoute :

Je te serre contre moi jusqu'à mardi, où je recommencerai.

Il n'a jamais recommencé, bien sûr. Il y a eu la route, les pneus de la voiture, ses freins, le platane.

2

J'ai repris ma voiture dans le parking des ateliers, à l'arrière du lycée. Tu m'attendais, je devais aller te rejoindre et j'étais fatiguée – à cause de la chaleur dans ma salle, de mon cours, du souci que je me faisais à ton sujet, je ne savais plus. Il ne restait là que quelques véhicules du personnel de service, tous les autres avaient quitté les lieux, pressés de regagner les routes de campagne, les voies rapides, les bords de mer. Un chien a aboyé dans un jardin, au moment où je démarrais et ses aboiements m'ont accompagnée un moment. Ce bruit m'était devenu familier, avec le temps et j'avais souvent tenté de me figurer la stature de l'animal, qu'une haie épaisse m'avait toujours empêchée d'apercevoir. Un gros chien, sûrement, à en croire le volume des aboiements. Je l'imaginais noir, à poil ras, avec une gueule allongée et m'en tenais à ce portrait sommaire. Ce chien faisait partie de ma vie, en quelque sorte, mais je n'avais pas envie de le découvrir vraiment ni de croiser son regard. Sa voix me suffisait, et son obstination à se faire entendre.

— Tais-toi un peu, ai-je murmuré par habitude. Ou par superstition car s'il cessait d'aboyer, alors peut-être le monde se modifierait-il autour de moi. Il suffit d'un détail parfois, pour que tout change.

J'ai traversé le centre-ville encore encombré, sur les trottoirs marchaient des colonies de lycéens. De dos, ils se ressemblaient tous. Ils s'en allaient rejoindre les autocars, les maisons de ville et les appartements, ils repartaient vers une vie qui m'était inconnue et qui leur appartenait, dans laquelle je n'avais pas mes entrées. J'ai fait semblant de ne pas les voir. Puis j'ai pris la route des plages.

LES PLAGES, indiquait le panneau, sans préciser leur nom, leur taille, leur exposition, l'heure à laquelle elles commençaient à se couvrir d'ombre, la couleur exacte des rochers qui les bordaient, le nombre de bateaux à moteur amarrés, le nombre de jouets d'enfants oubliés sur le sable. La mer s'était retirée et l'on devinait à peine sa présence, au loin. Une ligne grise qui scintillait par moments contre le ciel, une existence quasi abstraite. On savait qu'elle était là, forcément. Il ne pouvait pas en être autrement, elle n'avait pas pu disparaître. Et elle avait laissé derrière elle, comme preuve de son passage, un long tapis d'algues vertes. Des algues de la couleur des arrosoirs, me suis-je dit en découvrant le paysage. J'ai ouvert la vitre de mon côté, une odeur de marée un peu écœurante a envahi ma voiture. La pluie ne se décidait pas à tomber, elle se cantonnait vers l'Est, modifiait la lumière. Le soleil résistait encore, pour la forme, pour prouver qu'il ne pleuvait pas tout le temps dans ce pays et quand il apparaissait un instant entre deux nuages noirs, alors le ciel, la mer et le sable ressemblaient à une peinture à l'huile. Quelque chose de hollandais peut-être, en tout cas un paysage du nord, qui n'avait rien à voir avec l'Algérie.

***

J'ai soudain regretté de leur avoir parlé de Camus et de ses livres. Que pouvait-on comprendre à ce pays du sud, quand on avait des cheveux de Vikings et qu'on ignorait le goût de l'anisette et les ciels nocturnes où ne manquait aucune étoile ? Là où je vivais depuis ces dernières années et où tu m'avais suivie, parce que tu ne pouvais pas t'éloigner de moi, les filles portaient des pantalons bouffants pour aller danser, ou des jupes sombres qui traînaient au sol. Les garçons laissaient leurs cheveux pousser et s'emmêler, pour former des mèches sèches comme des fétus de paille, qu'ils attachaient avec un élastique. Quelques-uns de mes élèves ressemblaient à cela, à cette jeunesse typée et magnifique, reconnaissable de loin. Ils buvaient de la bière brune pendant leurs fêtes, dansaient en rond. C'était joyeux et organisé, il fallait connaître les pas, suivre les autres dans ces chorégraphies particulières. Les corps sautillaient en cadence, les seins des filles bougeaient sous les t-shirts, les visages s'éclairaient. Tout était si différent ici, comment pouvaient-ils se faire une idée d'un écrivain qui sortait d'un autobus, descendait un escalier sous un soleil de plomb et marchait au milieu des iris et des asphodèles blancs ?

— *Et toutes deux, avec des langueurs d'asphodèles…* Les asphodèles, vous connaissez ? Ce sont des plantes qui résistent à tout. Les autres meurent, elles repoussent.

Des asphodèles blancs, peut-être en avaient-ils dans leurs jardins, il faudrait qu'ils se renseignent. Mais ce n'était pas une raison. Et puis j'ai chassé cette réflexion, qui ne menait à rien. Je n'allais pas commencer à me compliquer la vie, ta vieillesse me sautait à la figure, elle bousculait tragiquement mon existence et c'était bien suffisant. Une camionnette m'a doublée dans la portion la plus droite de la corniche, le chauffeur s'est penché de mon côté pour me faire un signe que je n'ai pas compris, peut-être avait-il deviné de loin ce à quoi je pensais. Peut-être était-il d'accord avec moi, j'avais suffisamment de soucis pour ne pas en rajouter, suffisamment de chagrin. L'homme roulait vite, il était pressé. La camionnette a disparu de mon champ de vision, puis la route a enchaîné ses plus grands tournants.

***

La mer était toujours là, lointaine, à peine devinée. Un enfant encapuchonné faisait du vélo à trois roues sur le sable humide et s'éloignait inexorablement de l'adulte qui le surveillait. Emporté par la vitesse de son jouet, poussé par le vent, il devenait un point minuscule quelque part sur le sable gris. Un homme courait en tenue de jogger plus près de la digue, penché en avant pour lutter contre la poussée de l'air et les nuages dans le ciel se rapprochaient les uns des autres. Je suis passée devant le parking des plages. Une voiture blanche était stationnée, je ne me souviens plus de la marque, ou alors je n'y ai pas prêté attention. Elle devait appartenir à ce couple assis plus loin, sur la bande de sable sec. Ils avaient installé une tente près d'eux, une tente minuscule faite pour deux corps serrés l'un contre l'autre, le genre de tente qui se déplie d'un coup. J'avais vu un vendeur en faire la démonstration, un jour, devant le magasin de loisirs qui l'employait.

J'aurais pu m'arrêter pour rejoindre les deux campeurs. Peut-être. J'aurais pu couper le moteur, sortir de la voiture, descendre sur la plage et enlever mes chaussures. Puis faire quelques pas dans le sable et aller m'asseoir, à distance de cet homme et de cette femme, afin de ne pas les déranger. Je n'aurais même pas regardé dans leur direction, j'aurais fait comme eux, j'aurais scruté l'horizon à la recherche d'une séparation entre la mer et le ciel. Il en existe toujours une, forcément.

Nous aurions été spectateurs du bout du monde, tous les trois et je me serais convaincue alors, les bras serrés autour de mes genoux, que rien n'était tellement vrai dans ma vie. Que tu n'existais pas, ou très peu. Que j'avais eu une mère bien sûr, comme tout le monde mais que cela se passait dans une autre existence, très lointaine et à demi effacée. Et puis que je ne t'aimais pas, pas tant que cela et que du coup rien n'était grave, le temps qui avait passé si vite, ton état. Cette dégradation soudaine. *Elle est âgée, votre maman*, m'avait dit le jeune médecin. *Ils sont tous âgés ici*, *regardez-les*. Je n'avais pas envie de regarder. Je me suis souvenue d'une histoire de bête fauve qui surgit face à un homme, la gueule ouverte et les crocs apparents, dans un paysage sauvage. L'homme terrifié s'évanouit et ainsi, la bête fauve n'existe plus. C'était un lion, je crois. Où avais-je lu cette histoire ? Tout pouvait devenir simple, en fait, il suffisait de fermer les yeux. La seule chose qui importait pouvait être la couleur à peine dorée du sable et cette sensation de poudre tiède entre mes doigts. C'était essentiel dans une vie, le sable autour de soi et le ciel au-dessus et la mer plus loin, rien d'autre ne comptait vraiment. Alors en faisant cela sur cette plage que je connaissais par cœur, je me serais consolée.

Seulement les lions, les tigres, les hyènes et les panthères ne viennent pas s'aventurer sur les plages de la Manche à marée basse. Ils courent dans les herbes sèches des savanes et craignent la mer, les bateaux, les marins. J'ai dépassé les amoureux qui peut-être ne s'aimaient plus tant que cela et j'ai poursuivi ma route.

Vers l'horizon se regroupaient les étincelles de lumière. Elles tombaient du ciel, à cause du soleil qui insistait, qui ne voulait pas disparaître, pas tout à fait. Et quelques-unes parvenaient à s'échapper, tournoyaient un moment avant de s'effondrer au milieu des autres. Ensuite les yeux se fatiguaient, confondaient, devenaient aveugles. J'arrivais au bout de la corniche avec ma voiture, j'avais froid et chaud et sommeil et j'aurais voulu que tout s'éteigne. Que le monde me laisse tranquille, avec ses variations de lumière et ses routes qui n'en finissaient pas. J'aurais voulu… j'ai vu le paysage se fractionner soudain de l'autre côté du pare-brise, en plans successifs extrêmement lumineux, aveuglants même et qui s'en allaient s'incruster les uns dans les autres en une sorte de cubisme sauvage et flou. Sur le coup, comme d'habitude je n'ai rien compris. Des fragments de bitume venaient s'encastrer dans des morceaux de ciel découpés comme des lames et l'horizon se chargeait de triangles rectangles et isocèles, de lignes parallèles et de lignes brisées. Il fallait que je me sorte de tout cela. J'ai fixé un instant le tableau de bord de ma voiture et mes mains sur le volant, à la recherche de quelque chose de stable, d'une immobilité. Mais tout bougeait encore, tout vacillait.

— Ce que vous me décrivez, ce sont des migraines avec aura, m'avait dit mon médecin. Lewis Carroll en avait, comme vous. L'aura vient annoncer une crise, c'est courant.

— Vous parlez de ce kaléidoscope devant mes yeux ?

— Exactement. C'est le syndrome d'Alice et ça peut être très joli, ne vous plaignez pas.

La route était toujours visible, bien sûr, mais elle me paraissait à présent trop compliquée pour moi, bien trop fragmentée pour que je m'y retrouve. J'étais perdue. J'ai regardé dans mon rétroviseur, les deux amoureux sur la plage avaient déjà disparu, ce qui n'arrangeait rien. Ils se sépareraient de toute façon.

C'était fini.

Voilà. Car les histoires d'amour…

***

Ce serait bientôt leur dernière nuit ensemble, me suis-je dit tandis que les fragments lumineux s'estompaient pour laisser revenir un paysage plus net, une route carrément identifiable et beaucoup plus familière. L'ultime nuit à deux, à ces deux qui s'aimèrent et il leur faudrait arriver à dormir. Ils s'allongeraient à la nuit tombée sous cette tente décidément minuscule, qui les obligerait à se tenir serrés, corps contre corps, jambes emmêlées. Ils se glisseraient à l'intérieur l'un après l'autre, elle d'abord. Je n'en peux plus, dirait-elle. Je préfère fermer les yeux et que tout s'efface et il serait d'accord avec elle. Seulement, le vendeur du Décathlon installé depuis peu en bordure de la rocade aurait dû les prévenir. Leur dire qu'il existe une quantité d'autres modèles, plus spacieux et sophistiqués – *techniques*, préciserait-il. Du matériel de pro mais il faut savoir ce qu'on veut. Et il ajouterait, pour qu'ils le comprennent bien, qu'il faut être absolument sûr de son amour pour choisir ce modèle-là, si exigu et contraignant. Parce qu'ensuite quand on déclare que tout est fini, on ne veut plus se toucher, plus du tout. On ne veut même plus sentir l'odeur de l'autre, ni entendre sa voix. On se refuse à toute promiscuité, on réclame de la distance, des kilomètres de séparation avec un mur immense, infranchissable. Avec son allure de carapace de tortue, la petite tente deviendrait, sur cette plage déserte, l'étendard de leur amour défait. Mais ils ne feraient pas un drame de cela, non. Ils se diraient que c'était dans l'ordre des choses. Il existe des couples qui ne parviennent pas à tenir la distance, c'est si long une vie.

Seulement, la vérité…

La vérité est que tu ne m'as jamais aimée. Dis-le. Une seule fois, dis-le.

J'ai cru, pourtant. On se lasse, on s'habitue. On ne sait plus. Tu crois que notre tente résistera à l'orage ? Nos orages…

Nous nous sommes tant aimés, nous deux. Mais ne parlons plus jamais de l'amour

Ça n'existe pas l'amour, c'est une invention

Alors dormons, veux-tu bien ? Car demain nous ne partirons pas ensemble.

Et nous nous oublierons.

Crois-tu que c'est possible ?

Quoi, qu'est-ce qui est possible ?

Que je t'oublie un jour, que tu m'oublies.

Dormons, veux-tu bien ? Dormons au milieu de l'orage. Peut-être y aura-t-il des éclairs et tu auras peur.

Alors tu me protègeras. Et tu me prendras dans tes bras

À moins que la tente ne s'envole et que nous courions pour la rattraper, que nous courions à perdre haleine comme nous allons courir après le bonheur, désormais à jamais séparés. À jamais. L'un sans l'autre.

Ne dis pas de bêtises. Tu dis toujours des bêtises, tout le temps, tu n'es pas sérieux tu me fatigues à la longue, tu m'épuises.

Ma tête était lourde et douloureuse et cette route me paraissait interminable, comme dans ces rêves éreintants où l'on n'arrive jamais à rien, parce qu'il y a chaque fois un obstacle, un contretemps. On nage dans une piscine sans eau, on marche sur un pont en bois qui bascule, on ne parvient pas à arrêter sa voiture, on veut crier et le son ne sort pas, on ne parvient pas à habiter une pièce, on la laisse tout encombrée de meubles très beaux, très précieux mais on ne peut pas y vivre, c'est impossible et l'on se demande pourquoi c'est impossible. Il faudrait que je parle de tout cela à Valentine quand je l'aurais au téléphone, que je lui dise voilà, on ne rajeunit pas et mes cours me pèsent, à la fin. Non j'exagère ma chérie, mon amour. Ce n'est pas mon métier qui me dérange, c'est ta grand-mère. Il faudrait que je t'explique ce qui lui arrive depuis quelques semaines, seulement elle ne veut pas. Tu es trop loin, tu serais impressionnée et tu es heureuse à New York n'est-ce pas ? Tu as l'air. Et amoureuse, comment s'appelle-t-il déjà ?

John. Comme John Kennedy, c'est facile à retenir. Et ce John qui t'a fait traverser l'Atlantique, dis-moi…

Ma tête me faisait de plus en plus mal et Valentine ne supportait pas que je la questionne ainsi, de quoi est-ce que je me mêlais à la fin ?

Et cet appartement, vous l'avez trouvé ? Combien de pièces ? À quelle distance de Manhattan ? À quelle distance de la mer ? Est-ce que tu pourrais me répondre de temps en temps ? C'est impossible ? Et pourquoi est-ce impossible ? Mais parle plus fort, ah la la, la liaison est mauvaise, c'est incroyable à notre époque, avec tous les moyens que nous avons, tous ces câbles qui passent sous les mers ! T'ai-je dit que j'ai revu l'un de mes anciens élèves, l'autre jour en allant faire mes courses ? Victor… Victor quelque chose. Il est poseur de câbles, c'est son métier. Oui, il plonge au fond des mers et il tend des câbles qui n'en finissent pas. Il a l'air heureux. Tu m'écoutes, ma chérie ? Poseur de câbles, entre nous, c'est tout de même un métier peu commun et plutôt passionnant, non ?

***

Dans ma tête, les choses ne s'arrangeaient pas. La douleur était encore montée d'un cran, une armée de soldats avait envahi mon crâne pour y poser son drapeau, le planter là où c'était insupportable. Une armée bruyante et qui vociférait, clamait des chants de guerre, une armée déchaînée, une horde suivie d'une cavalcade…

Nous sommes des figures de style, des mots pour faire une métaphore mais c'est bien cela, n'est-ce pas ?
Cette douleur
Pas lancinante, non. Violente, exaspérante.
Et ralentissez un peu, on n'est pas aux pièces. Vous pensiez à votre fille ?

Valentine avait grandi et s'en était allée loin, comme si elle n'avait pas pu tomber amoureuse d'un marin d'ici, qu'elle aurait attendu tranquillement dans une petite maison aux volets bleus, tout au bord de l'eau. Ou d'un jeune professeur du lycée qu'elle serait venue rejoindre à la sortie. Il en était arrivé deux nouveaux cette année, un grand blond et un petit brun tout à fait son genre, pas trop poilu apparemment et qui détestait l'Amérique, ne quittait jamais sa région et se demandait comment on pouvait encore aimer ce métier, à mon âge. Et dans ma tête décidément, les épingles… il m'a semblé qu'un millier d'épingles tentaient de se faire une place à l'intérieur de mes tempes et au sommet de mon crâne. Là où mes cheveux se divisaient en deux parties, la gauche la droite, deux directions inconciliables qu'aucun coup de peigne ne pouvait contrarier, aucune brosse en poils de sanglier, aucune mousse coiffante qui n'alourdit pas les cheveux, aucun gel spécial cheveux fins, aucune laque à microparticules qui ne collent pas, auc…

J'ai serré le volant des deux mains, le plus fort possible, à m'en couper le souffle, à m'en meurtrir les doigts. Il m'a semblé que c'était la chose la plus importante à faire, à ce moment. J'en étais même certaine et c'était plutôt réconfortant, cette soudaine certitude. Ensuite il y a eu beaucoup de bruit.

Beaucoup, beaucoup de bruit.

Le ciel était devenu d'un gris absolu, c'est la première chose qui m'est apparue. Une teinte d'acier, quelque chose d'infiniment métallique. J'avais rangé le roman de Camus dans mon sac à main avant de partir, avec la photo de Tipasa à l'intérieur. Il n'était pas question que le livre reste dans mon cartable, absolument pas question et je ne savais plus pourquoi, mais il y avait eu là quelque chose de totalement impérieux. J'ai craint que tout ne soit tombé par terre, sous le choc. Le livre et les papiers de la voiture, mon agenda, mon peigne et mon rouge à lèvres, mon trousseau de clés. Le livre et ma petite vie.

Parce qu'il y avait eu un choc, c'était sûr. Un remue-ménage, un sacré remue-ménage, plutôt sonore.

Le sac se trouvait toujours sur le siège passager, tel que je l'avais laissé. Je l'ai ouvert et y ai plongé une main, c'est la première chose que j'ai faite. J'ai tout de suite senti sous mes doigts la tranche des pages ramollies par le temps, puis les bords dentelés beaucoup plus rigides du cliché de mon enfance. La photo était glacée mais au fond tout allait bien, puisque les choses étaient à leur place – la littérature, les cinq coups de revolver à jamais inexpliqués sur une plage d'Algérie et mes souvenirs d'enfance. Nos fantômes parmi les ruines. J'ai entendu la voix de Paul, son rire au milieu des pierres antiques, son visage d'acteur hollywoodien, son grand corps un peu voûté. J'ai revu son nom inscrit sur une liste à faire peur, la longue liste des disparus de cette guerre qu'on prenait pour un évènement – Paul Garçon, lettre G, quarante-deux ans, route de Sidi Bel Abbès et puis ton affolement et tes larmes, ton désespoir. J'ai chassé tout cela. J'ai revu sa maison aux murs couleur de sable et les deux rochers gris qui tombaient sur la mer, sa barque blanche en contrebas, son chien vagabond qui finissait toujours par revenir, la queue basse. La terrasse couverte avec sa longue table en bois et la couleur ocre de la terre tout autour des murs, les herbes folles, les bosquets de fleurs sauvages, les trous de taupes et les colonies de fourmis affairées. Ma terre d'adoption, disait Paul. Cette terre où l'on trouve les plus jolies femmes du monde, si je mens je vais en enfer !

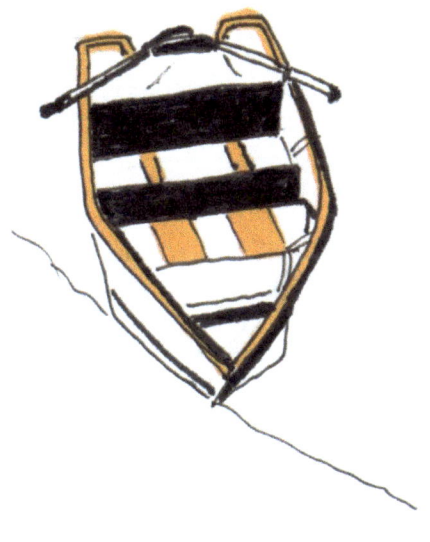

***

Il existe peut-être des moments où l'état du ciel nous signale ce qui est vrai et ce qui ne l'est pas, c'est ce que je me dis aujourd'hui en pensant à cet orage. Car les premières gouttes ont commencé à tomber. J'ai mis en route mes essuie-glace, qui ont renâclé. J'ai pensé un instant aux deux campeurs, qui avaient dû se réfugier avant l'heure à l'intérieur de leur tente, un peu effrayés. Dégoûtés par le mauvais temps, par l'amour qui s'était enfui. Puis m'est revenue l'image de ce personnage avec sa valise, je ne sais pas pourquoi. Une intrusion en force de la littérature, sans doute.

— Mersault, c'est écrit au tableau. Ne le confondez pas avec l'autre. Au début du roman, il porte une valise sans rien à l'intérieur, absolument rien.

Cet homme à qui il manquait une lettre était passé à côté de la célébrité. Car on ne parlait plus de lui, on ne connaissait plus son prénom, ni son âge, ni le nombre de ses maîtresses. On n'étudiait pas son caractère ni ce qui lui arrivait dans le roman et personne n'avait écrit une thèse sur lui. Il n'avait pas droit à des milliers de commentaires, à une quantité de rééditions avec des couvertures différentes, à des interrogations sans fin face à son indifférence et à son acte. Lui aussi pourtant avait tenu un revolver et avait appuyé sur la gâchette. Lui aussi avait vécu à Alger. Lui aussi s'était fait cuire des œufs et les avait mangés sans pain, parce qu'il avait oublié d'en acheter. Seulement l'autre qui avait eu droit à une lettre supplémentaire était venu lui voler son succès, avec sa drôle de façon de raconter les choses, cette voix assourdie, ces couacs par moments et parce qu'il ne pleurait pas à l'enterrement de sa mère.

— Une lettre en moins et voilà, les gens passent à côté de vous, on vous ignore.

— C'est des films ça, Madame, faut pas exagérer !

— Mais non je vous assure, les lettres ont des pouvoirs incroyables. Imaginez Stendhal sans son H. Aurait-il autant écrit, aurait-il parcouru l'Italie de long en large et aurait-il imaginé Julien Sorel dans son costume de séminariste ? N'aurait-il pas eu une vie très ordinaire, avec une charge de notaire en province, une femme et deux enfants, une maîtresse occasionnelle et un peu d'arthrose pour le faire souffrir ? On peut se poser la question. Parce que d'ailleurs, ce fameux H, on ne sait jamais où le mettre.

***

Quand Patrice Mersault a marché jusqu'à la villa de Zagreus pour aller le tuer, une valise vide à la main, la matinée était étincelante. Il faisait froid en ce début de mois d'avril et le ciel était d'un bleu parfait. On peut imaginer, tout en haut de la route en pente, de larges baies vitrées donnant sur le parc, toutes les belles villas du Sud ont ce genre de fenêtres. Et l'on peut deviner les couleurs, le rouge des géraniums, le gris des aloès, le bleu du ciel, le blanc des murs. Patrice Mersault portait des gants car il allait accomplir un meurtre, pour se donner du courage il a allumé une cigarette – maladroitement, à cause des gants. Il lui semblait ce jour-là que la seule chose à faire dans ce monde, celui qui s'organisait ainsi autour de la villa, était de vivre et d'être heureux.

Il faudrait que je leur reparle de cet homme et de *La Mort heureuse*, de ses liens avec *L'Étranger*. Que je leur explique aussi la ressemblance entre Zagreus et le voisin de palier de Meursault, Raymond Sintès. Je n'aimais pas ce personnage qui arrivait à un moment du roman, après le vieux Salamano et son chien. En lisant, ils ne pourraient pas le rater. Zagreus n'était pas attirant non plus, il était vieux et n'avait plus de jambes. *Une moitié d'homme*, disait-il de lui-même.

Raymond Sintès avait un nez de boxeur, il était assez petit. Il se disait magasinier, mais le bruit courait qu'il vivait plutôt des femmes. Quand Meursault est allé chez lui la première fois, Raymond Sintès avait un pansement à la main, parce qu'il s'était battu. Il lui a fait cuire un boudin sur une poêle et lui a raconté cette bagarre.

L'autre, il m'a dit : « Descends du tram, si tu es un homme. »
Je lui ai dit : « Allez, reste tranquille ».
Il m'a dit : « Tu es pas un homme ».

Il faudrait que je leur lise cette histoire de bagarre en entier et peut-être me reviendrait alors l'accent que j'ai perdu et que tu as gardé, toi. Cet accent pas distingué, bourré de soleil et de joie de vivre, de laisser-aller, de manque de discrétion. Dans deux jours j'aurais un autre cours avec la même classe et je reviendrais sur cela, l'histoire de la bagarre avec le coup de genou, la ressemblance entre Roland Zagreus et Raymond Sintès, ce magasinier un peu maquereau sur les bords.

Maquereau, ils retiendraient.
— Mais magasinier, officiellement. C'est un métier beaucoup plus raisonnable.

***

Seulement pour l'instant, au volant de ma voiture sur cette corniche qui s'enfonçait dans sa lumière du soir, tout ce travail me paraissait vain. Ces correspondances, cette différence de destin à une lettre près, le nez de boxeur et l'odeur de boudin grillé dans un appartement pas propre.

— Et puisque rien ne vous intéresse, avais-je dit comme on lance un SOS, puisque vous ne m'écoutez plus…

Il existe des minutes blanches dans tous les cours, toutes les conférences, tous les discours. On perd l'auditoire et l'on se demande comment on l'a laissé s'échapper. Ce qu'on a pu dire, le geste qu'on a pu faire pour que tout s'en aille. Eux s'enfuyaient déjà loin des livres, faisaient semblant d'être là mais je savais que c'était faux et ils me laissaient seule avec le son de ma propre voix, que je ne reconnaissais plus. C'était une voix que je n'aurais pas aimé entendre si je m'étais trouvée à leur place, d'ailleurs ils s'amuseraient entre eux à la reproduire, dès que j'aurais disparu. Une voix de tête insupportable et qui aurait mieux fait de se taire, pour les laisser tranquilles.

Les laisser aller courir le long du chemin des douanes qui borde la rivière, ou plonger dans la mer depuis les rochers

Passer devant des escadrilles d'oiseaux à l'arrêt sur un îlot de terre, devant une assemblée de mouettes.

Les laisser entrer garçons et filles dans les chambres, se déshabiller et apprendre l'amour

Les laisser pleurer devant des films et se faire peur et jouer à la guerre des étoiles, à la guerre des planètes, à la guerre des amants.

Et puis manger des hamburgers géants et des Munster Munch, manger à se rendre malades, boire jusqu'à tomber par terre. Les laisser vivre, à la fin.

Mais tout le monde disait depuis longtemps, très longtemps, qu'il fallait les livres pour vivre.

— Pour *L'Étranger*, m'avaient-ils dit, on est vraiment obligés ? On ne peut pas lire un résumé ?

— Vous êtes absolument obligés. Et arrêtez de vous plaindre.

La route s'éloignait de la mer, elle quittait les plages pour conduire vers les bourgs. Je suis passée devant une enfilade de maisons aux volets clos. Les jardins envahis par les herbes hautes semblaient à l'abandon, les portes des garages étaient fermées. J'ai été surprise, d'ordinaire il y avait des habitants dans ce quartier si proche de la mer, il y avait une vie, toute l'année – des familles avec des enfants qui jouaient dehors, du linge étendu sur un fil, des ballons oubliés dans les jardins, des chiens qui aboyaient, des colis qu'on déposait dans les boîtes aux lettres. J'ai cherché la présence de quelques automobiles le long des trottoirs et devant les garages, en vain. Où étaient-ils partis, tous ?

À l'entrée du premier bourg, le magasin qui vendait des parasols et des serviettes de plage, des seaux et des pelles pour les enfants, avait laissé sa grille baissée mais il n'y avait là rien d'étonnant. La saison d'été n'avait pas commencé, les Parisiens arriveraient plus tard. Ils avaient souffert l'année précédente d'un été maussade, auraient été surpris de voir les journées ensoleillées que nous avions à présent, en leur absence. C'était à n'y rien comprendre, une farce locale de la météo, pour les punir d'être parisiens.

Un homme a traversé la rue principale devant ma voiture, d'un pas très lent. Un chien le suivait – un labrador, je crois. Un gros labrador docile, affectueux et trempé. J'ai klaxonné pour qu'ils se hâtent l'un et l'autre, l'homme m'a lancé un regard furieux et le chien a semblé étonné. Il a hésité un instant, s'est immobilisé sur ses pattes au milieu de la chaussée. Puis il est reparti, tandis que son maître s'éloignait. À l'intérieur de la voiture, j'entendais la pluie sur ma carrosserie et le bruit régulier que faisaient mes essuie-glace. Pas grand-chose – ma musique personnelle, plutôt douce et très régulière. Tu aurais applaudi, tu disais apprécier la tranquillité que ce pays t'offrait, cette façon que les habitants avaient de parler à voix basse, parfois dans une langue qui leur appartenait et que tu trouvais étrange, sans intonation particulière. Et finalement *rassurante*. Je ne t'ai jamais crue. Dans ton pays...

— Qu'est-ce que tu en sais de mon pays ? disais-tu. Tu étais petite, tu as oublié. Là-bas en Algérie, il y avait du bruit partout, c'était tuant.

Je sais que tu aimais ce bruit, le passage sonore des tramways et les éclats de voix aux terrasses des cafés, les klaxons, les cris des petits cireurs de chaussures et le tohu-bohu des plages, les rires pour rien, l'insouciance. Et les cheveux crêpés qui allaient avec ce tintamarre, les lèvres peintes au milieu de la guerre, les paupières fardées, les robes colorées, ceinturées à la taille. Je t'ai vue faire, je t'ai vue passer des heures dans la salle de bains et gesticuler, parler fort, t'amuser d'un rien au milieu des bombes et des fusillades, rouler des hanches et oublier le malheur, la folie des hommes, leur tourner le dos en un joli mouvement. Mais tu aimais mentir aussi, te raconter des histoires. Tu aimais transformer la vie, tu étais une reine.

Je suis sortie du bourg sans m'en rendre compte. La route m'a opposé ses lignes de fuite, j'ai accéléré. Tout me paraissait soudain plus évident, aussi évident que les allers et retours des essuie-glace. Je serais bientôt auprès de toi et tu serais heureuse de me voir, nous nous dirions quelques mots à voix basse, tu me demanderais des nouvelles de Valentine, je te répondrais qu'elle ne m'appelait pas souvent mais qu'elle allait bien. Tu voudrais que je baisse le rideau de ta chambre, comme tu l'avais fait la veille et l'avant-veille et le jour d'avant, c'était devenu une manie chez toi, une petite manie de vieille, cette histoire de rideau.

— J'ai beau leur dire ! lancerais-tu bien fort, dans l'espoir que tout le couloir t'entende.

Je me lèverais alors et j'installerais une douce pénombre autour de nous, quelque chose de très intime.

La vie devenait *simple et gaie*, j'avais lu ces mots dans un poème, lequel je ne savais plus, *un seul rayon suffit, un seul éclat de rire*, peut-être fallait-il que je fasse un effort de mémoire, la poésie faisait partie de mon métier, alors peut-être fallait-il… j'ai aperçu au loin une silhouette appuyée sur une moto. *Et la chambre où j'habite est enfin éclairée.* Sous la pluie à présent battante, une main s'agitait et chassait le poème. La poésie est fragile, un rien l'efface, un signe de loin, un mouvement du bras. J'ai ralenti, tandis que les jolis mots s'en allaient et j'ai pensé que mes essuie-glace étaient aussi pour quelque chose dans cette disparition. En m'approchant de la silhouette qui s'agitait encore, j'ai reconnu Sébastien. Je me suis arrêtée, bien sûr, comment faire autrement ? J'ai baissé ma vitre et toute l'humidité du ciel s'est engouffrée dans ma voiture.

— J'ai ma bécane en panne, vous pouvez m'aider ?

— Vous aider… vous voulez que je vous ramène chez vous ?

— Ça m'arrangerait, oui, vous avez vu le temps. Ça ne vous dérange pas ? Parce que personne ne s'arrête, ce soir. Je me demande ce qu'ils ont. C'est pas mon jour, là. Et puis du coup, j'ai foiré l'entraînement.

— Manqué.

— Comment ?

–Vous avez manqué l'entraînement. Vous auriez pu y aller en sortant du lycée et puis non, il y a eu cette panne, la pluie… Vous voilà, comment dites-vous quand tout va mal ? Vous voilà au bout de votre vie. Saint-Sébastien non plus n'en menait pas large, il était percé de flèches, son corps se ployait et sa tête s'inclinait sur le côté, c'était un Sébastien pitoyable, un Sébastien martyrisé. Montez vite, vous m'indiquerez le chemin.

— On n'en a pas pour longtemps, c'est à trois kilomètres d'ici. J'aurais pu rentrer à pied, vous allez me dire. Et qu'est-ce que je fais de la moto, à votre avis ? Je la laisse là, sous la pluie ?

— Mais oui. Montez vite, je n'ai pas trop de temps. Et mettez mon sac derrière, avec votre casque. Vous ferez attention, vous ne l'oublierez pas.

— Ah, vous voyez que ça vous dérange, de m'emmener !

Mais tout me dérangeait à nouveau et les poètes écrivaient des bêtises, des mensonges des fables, la vie n'était ni simple ni gaie, elle était plutôt cruelle. Je t'avais conduite un matin dans cette maison de retraite parce que tu n'en pouvais plus, tu tombais et tu ne pouvais plus te relever. Marie avait quitté Sébastien au milieu de mon cours, comme si elle ne pouvait pas attendre le lendemain, le moteur de cette moto l'avait laissé tomber à son tour à trois kilomètres de chez lui et Saint-Sébastien mourait de ses blessures, la tête penchée, le corps attaché à son arbre. Tout déraillait et le ciel aussi.

— Putain ! a soufflé le grand garçon trempé jusqu'aux os, qui un peu plus tôt se nimbait de lumière au fond de ma salle, les bras croisés, le regard fixé sur son chagrin d'amour.

Putain cette vie
Et les filles
Cette fille, Marie
Marie Marie Marie

Il s'est assis sur le siège passager, a remis en place ses cheveux mouillés, pour dégager son front. Un geste d'enfant, maladroit, avec le plat de la main. Un geste qui se moque du regard des autres, de l'allure qu'on peut avoir. *Putain*.

Putain, répétait mon père et ma mère ouvrait les portes, disparaissait. Le bois peint claquait à se fendre, le bruit de ses pas s'en allait au fond du couloir, puis se perdait dans l'escalier.

— Qu'est-ce que vous dites, Sébastien ?

— Rien, pardon… je vous guide, c'est pas compliqué.

À droite… à gauche, maintenant. Méfiez-vous, au bout il faut laisser le passage.

Et après, je vais où ?

Sébastien ! Je vais où ?

Ah, tout droit, vous allez tout droit. Vous suivez.

C'est là, on y est.

La maison blanche, avec la haie.

***

Ce sont les seules paroles que nous avons échangées et je l'ai déposé chez lui. La pluie venait de s'arrêter, la lumière revenait par intermittence, brutale et magnifique. Des coups d'éclairage qui transformaient de nouveau le monde. Je ne connaissais pas ce quartier, je l'ai trouvé plutôt ravissant, à cause des roses dans les jardins, des premiers lauriers et des pins parasols, du soleil qui refaisait son apparition entre deux nuées noires.

— On se croit en vacances par ici, ai-je dit en me garant devant la villa.

Les fenêtres étaient immenses, je devinais à l'intérieur un canapé géant, une télévision grand écran. La villa semblait vide.

— Vos parents ne sont pas rentrés, je crois.

— Non, ils rentrent tard. Ils travaillent beaucoup. Ils ont un magasin, je vous l'ai dit ?

Je connaissais ce magasin, un grand espace en forme de hangar en périphérie de la ville, à une cinquantaine de mètres d'un hypermarché. Y étaient entreposés des maillots de footballeurs, des ballons homologués, des chaussures à crampons, des chaussettes hautes, des fanions et des posters géants – tout ce qui construisait l'univers dans lequel leur fils était un héros, un futur champion qu'on verrait un jour dans les journaux et à la télévision.

***

Sébastien m'a remerciée, est sorti de ma voiture avec son casque à la main et s'est dirigé vers la villa. Il avait de très grandes jambes, c'était sûrement la raison pour laquelle il avait été sélectionné par le club de football. Avec des jambes pareilles, il devait courir très vite.

Aussi vite qu'un guépard dans la savane ? Le guépard est l'animal terrestre le plus rapide du monde. Sa vitesse peut atteindre les cent vingt kilomètres/heure, on a calculé.

Il a semblé hésiter, est revenu sur ses pas et s'est penché vers ma vitre, m'a fait signe de l'ouvrir.

— En bas, il y a une plage. Elle est petite, peu de gens la connaissent. Je vous montre ?

— Je n'ai vraiment pas le temps, Sébastien. C'est gentil, mais là je dois… et puis vous êtes trempé, rentrez vite vous sécher.

— Allez, on descend, vous regardez et on remonte. Vous savez qu'on trouve des pierres taillées, sur cette plage ? Elle est répertoriée quelque part, je ne sais plus où. Mais bon, il faut bien chercher. Mon père en a trouvé, lui, de ces outils préhistoriques. Allez, je range mon casque et vous venez. Mais faites attention, ça glisse sur le chemin, c'est mouillé partout.

***

J'ai suivi Sébastien, au lieu de me dépêcher d'aller te voir. Je savais que tu m'attendais, j'en étais sûre, à cette heure les couloirs devaient être bruyants, il était peu probable que tu dormes. Tu devais guetter les bruits de pas, t'appliquer à différencier les sons pour être sûre de reconnaître mes talons de loin.

— Tu es bien la fille de ta mère, disais-tu. Toujours perchée. Mais ça nous rend plus belles. Cette hauteur, je veux dire.

En descendant de ma voiture, j'ai voulu repousser ton destin de vieille. Voilà. M'échapper du temps des visites, vingt heures dernier carat m'avait-on rappelé la veille, à l'accueil. Mais vous pourrez déborder un peu.

— On n'a qu'une mère, hein ? Et puis elle vous demande.

Tu criais mon nom, tu suppliais la directrice pour qu'elle me téléphone, qu'elle me dise de me dépêcher, qu'est-ce que j'avais à traîner quand tu te trouvais, toi, dans cet état ?

Je crois que je voulais quitter le temps, pour une fois.

Le chemin qui descendait à la plage avait été creusé en escalier, je me suis accrochée aux branches de quelques arbres nains, gênée par mes talons qui n'allaient pas du tout avec le paysage. Sébastien avançait devant moi, agile comme un jeune animal.

— Ça va, Madame ? Il faut dire qu'avec vos chaussures…

Je n'ai pas répondu. Je n'ai rien pu répondre, peut-être la beauté des lieux m'avait-elle coupé le souffle et rendue muette, je ne sais pas. Elle m'avait faite aveugle en tout cas, aveugle à tout ce qui n'était pas le sable très pâle, les cailloux gris vers les zones humides, les pierres géantes abandonnées par la marée et le noir du ciel par moments interrompu, au-dessus de la mer. Je crois que j'ai fermé les yeux parce que c'était trop de beauté d'un coup, parce que c'était surprenant. C'est cela, j'ai été surprise.

Et il y a autre chose, au-delà de votre ébahissement. Il y a cet homme aussi, quand vous ouvrirez les yeux.

Mais vous n'êtes pas obligée.

Il se trouve quelque part tout en bas, parmi les galets et les coquillages, à distance de l'eau. Ne faites pas attention à lui.

Laissez-le, tenez, il a tant à faire,

Un morceau de silex et clac, un geste apparemment facile et cent fois répété. Son industrie.

Parce qu'il faut bien qu'il vive, qu'il tue l'animal et le découpe et lui ôte sa peau.

— L'homme préhistorique, avait dit Sébastien. Ne me demandez pas le nombre d'années, mon père est au courant, ça le passionne. Moi je ne retiens pas.

Un homme de Néandertal, seul au milieu de cette petite plage depuis trois cent mille ans, capturé par l'orage. Encore impressionné par les coups de tonnerre et la teinte menaçante du ciel. Le menton absent, les jambes épaisses et courtes, des poils partout. Il avait fui les glaciers et s'était réfugié au bas des falaises, là où la roche creuse lui offrait un abri. Il était à peine plus grand que moi, assez laid et il frappait sur son caillou, pour en faire un petit racloir qui se couvrirait à la fin d'une patine couleur ivoire.

Une belle patine contrastant avec les éclats de silex couleur de miel. Industrie moustérienne, Homo neanderthalensis*, Paléolithique moyen. Son front est fuyant et il enterre ses morts. Il se tient droit sur ses deux jambes depuis l'*Homo erectus*, son ancêtre mais là, il s'est assis.*

Accroupi d'abord, puis assis car la pierre se montre récalcitrante, il doit s'y reprendre, frapper encore. Ne le dérangez pas, ne lui parlez pas, surtout. Laissez-le, laissez-lui le ciel et la mer et les trois cent mille ans qui le séparent de vous. Gardez vos distances, il n'est qu'une ombre. Un petit tas d'humanité frémissante. Et faites attention en descendant le long de ce qui ressemble à un escalier, ce sont de fausses marches et la terre détrempée pourrait s'affaisser, vous faire tomber. Allez-y doucement.

Mes jambes ont tremblé.

Je me suis déchaussée, les ronces ont blessé mes chevilles.

J'ai abandonné mes escarpins, ou les ai lancés l'un après l'autre dans les genêts. Ou je les ai jetés en direction de la mer. Droit devant, de toutes mes forces.

La plage alors m'a montré sa désapprobation. Il existe des lieux qui ne veulent pas trop de vous, de vos gesticulations et vous le montrent. Puis très vite, elle a semblé m'oublier, pour m'opposer son indifférence glacée. Quelque chose de hautain, une façon de vivre à l'écart de mon existence à moi. Une beauté froide, étrangère et renversante. Mon pied a heurté une pierre au bas de l'escalier, j'ai crié.

— Vous vous êtes fait mal ?

— Mais non. Enfin, un peu. C'est magnifique, ici. Hors du temps.

— Quelquefois on voit des phoques, à marée haute. Mais là, la mer est trop loin pour qu'on les aperçoive. La tête d'un phoque, ça ressemble à un ballon de foot, on peut se tromper.

Ensuite… ensuite, la douleur de mon pied s'est accentuée, est remontée le long de ma cheville, jusqu'au mollet. Et tout autour de moi s'est agité, allez je vous tiens, a dit Sébastien. Je vous aide à remonter, ça glisse vraiment, donnez-moi la main.

J'ai un vague souvenir de cette main qui m'attirait vers le haut. Une main géante, une pieuvre, une main en plastique comme on en vend dans les magasins de farces et attrapes, une main gantée d'aristocrate, une main rugueuse de soldat qui vient de manier des armes. Je sais aussi que j'ai cherché mes chaussures, elles sont là vos chaussures, m'a dit Sébastien. Comment vous arrivez à marcher avec ça ?

C'était son énigme à lui, cette capacité que j'avais d'avancer sur des talons hauts, de monter et descendre des escaliers. J'ai haussé les épaules parce que je n'avais pas la réponse.

— À Manhattan, m'avait expliqué Valentine, les femmes prennent le métro en baskets, elles cachent leurs talons hauts dans leur sac. Passé les portes des bureaux quand elles arrivent, elles sont différentes. Plus grandes de huit centimètres, plus sûres d'elles. Des guerrières !

Et là, pieds nus sur cet escalier, dans ce décor si beau et si étranger, je dois dire que je n'étais plus sûre de rien. Peut-être ne serais-je plus jamais capable d'avancer avec mes talons, peut-être mes pieds s'y refuseraient-ils dorénavant, parce qu'ils auraient gagné quelques centimètres en longueur, ou se seraient déformés à cause de tout cela, de la terre humide et des herbes, de la pluie qui tombait toujours à intervalles réguliers, de l'heure qui tournait et me renvoyait à mon incroyable légèreté.

— Je dois y aller maintenant, ai-je dit à Sébastien. Même si j'ai du mal à marcher à présent, même si je boîte à mort, et que je dois partir à la recherche d'un bâton pour pouvoir avancer, comme font les vieillards avec leur canne. Parce que vous n'allez pas me tenir la main éternellement, n'est-ce pas ?

Vous me lâcherez, vous en aurez assez.

Vous me trouverez vieille et plutôt impotente. Misérable, avec mes pieds nus sur la terre semée de cailloux qui me blessent.

Mes difficultés à avancer, mes appréhensions.

Vous me direz allez, débrouillez-vous un peu, c'est pas sorcier. Moi je rentre, Madame et il faut pas m'en vouloir.

***

J'ai regagné ma voiture à petits pas, mes pieds étaient trempés dans mes chaussures, curieusement beaucoup moins à l'étroit que je ne l'aurais imaginé.

— Comme quoi, tout s'arrange ! M'a lancé Sébastien. Allez, et faites attention à vous. On vous aime bien, vous savez.

Il semblait avoir oublié l'état de sa moto et l'état de son âme, sans doute la plage avait-elle lavé tout cela. Ou la pluie. Ou sa jeunesse. Est-ce qu'on meurt d'amour à cet âge ? Mon métier m'avait appris que c'était possible, que cela arrivait parfois et j'ai immédiatement renoncé à me poser une question pareille. Sébastien m'envoyait de grands signes de la main, il souriait, paraissait grandi et sûr de lui. C'était bien le principal, cette silhouette de beau garçon trempé dans mon rétroviseur. Au diable les chagrins d'amour, me suis-je dit en démarrant. Au diable le désespoir, au diable celles qui pleurent et se jettent par la fenêtre !

Tu te souviens de cette histoire ? Tu me l'as si souvent racontée, sans te soucier de la présence de Valentine, qui n'avait sûrement pas l'âge de supporter des récits pareils. Il s'agissait de ta couturière, celle qui plaisait à Paul et te faisait tes jupes, avec les tissus que tu achetais sur les marchés. Cette femme aimait à la folie un homme plus âgé qu'elle et elle pensait que lui l'aimerait toujours. Un après-midi, elle était rentrée plus tôt que prévu dans leur appartement et en ouvrant la porte de leur chambre, elle l'avait vu avec une autre femme.

— Tout nu sur le lit, et elle aussi. Tu vois la scène, la pauvre.

— Valentine, bouche-toi les oreilles ! Et va nous acheter le pain, tiens, au lieu de rester là à écouter les bêtises de ta grand-mère. Prends de la monnaie dans mon sac et file !

— Ce ne sont pas des bêtises, c'est un drame que je te raconte. Enfin, un drame… mon amie a ouvert la fenêtre du salon qui donnait sur le balcon, elle s'est avancée et s'est penchée. Elle voulait se jeter dans le vide parce que c'était insupportable, tu comprends. Une trahison insupportable. Heureusement pour elle, elle s'est évanouie avant de pouvoir sauter.

Je me suis demandé si mon père avait pu un jour avoir une idée pareille et je t'ai détestée pour la peine que tu pouvais lui faire. Toi, la femme infidèle, si souvent infidèle.

— Tout de suite les grands mots. Ils me couraient tous après, qu'est-ce que je pouvais faire ?

J'ai souvent pensé à sa colère, à son humiliation ou à tout cela ensemble, je n'ai jamais su. J'aurais voulu te gifler un jour à cause de tes amants dont je n'ai jamais su les noms ni à quoi ils ressemblaient. J'aurais voulu te battre à coups de poing, te massacrer le visage de mes ongles et que son taxi roule sur toi, pour que tu disparaisses… mais j'étais comme mon père, je t'aimais tant.

— Après, mon amie a repris son travail, les ourlets, les manches à raccourcir, les doublures, les pinces. Et elle n'a plus jamais revu ce con.

***

Avant de démarrer, j'ai voulu récupérer mon sac à l'arrière de la voiture, ai tendu mon bras aussi loin que je le pouvais. J'ai entendu un bruit d'objets métalliques qui tombent, un petit fracas. Mon trousseau de clés, sûrement. J'ai renoncé à les chercher. Devant les portraits photographiques de Maria Casarès, qu'on voyait partout dans Paris, l'épouse de Camus pleurait et elle aussi avait voulu se jeter par la fenêtre.

J'ai quitté la villa de Sébastien, j'ai remonté le chemin en sens inverse et j'ai regagné la route. Mes pneus avaient patiné sur la côte, j'avais maudit la boue et tous les sentiers de terre du monde. En haut, je n'ai rien reconnu. Ni la route, ni ce qui l'entourait. Un homme sortait d'une maison basse, son vélo à la main, un enfant sautait à pieds joints dans les flaques d'eau et le bitume encore luisant d'humidité s'en allait tout droit vers quelque chose de très lointain. Un bout du monde. À un croisement signalé par une pancarte, j'ai été arrêtée par une longue file de véhicules. Un corbillard noir, des automobiles au pas derrière lui. Je me suis demandé qui avait bien pu mourir et dans quel cimetière on emportait ce mort. J'ai remarqué aussi que le ciel se dégageait, le monde avait été lavé par la pluie et tout devenait un peu plus net – les contours, les couleurs du soir. Mais moi, je ne savais plus trop où j'allais. Cette route et ce qui la bordait – quelques maisons, des rangées d'arbres inégales – ne ressemblaient en rien au paysage que j'avais parcouru un peu plus tôt avec Sébastien. Il m'a semblé que les toits de part et d'autre de la route étaient plus pentus, les murs des maisons plus blancs. La végétation elle-même était différente. Tout était plus vert, plus haut, plus gorgé de sève et certainement plus violent.

J'ai remonté ma vitre, j'avais froid. Dans mon rétroviseur, j'apercevais la fin du cortège. Un homme marchait derrière l'automobile qui fermait ce triste défilé. Il pressait le pas, semblait avoir du mal à suivre. Il s'est retourné brusquement, a regardé dans ma direction, m'a fait un signe en agitant son mouchoir, mais j'étais déjà loin.

***

Et puis j'ai eu envie de pleurer. Si je continuais à rouler ainsi au hasard, j'irais tout droit vers la nuit en m'éloignant de toi. Et je t'abandonnerais pour de bon. Je deviendrais la fille la plus indigne du monde, une enfant sans cœur, une âme inconséquente qui se laissait porter, une plume d'oiseau au-dessus des vagues. Je roulerais longtemps, droit devant moi sur une route qui ne finissait jamais, puis à la nuit tombée je m'arrêterais sur le bas-côté et je m'endormirais, parce que tout cela m'épuisait, à la fin. Et parce que je t'en voulais d'avoir vieilli, d'avoir perdu ta beauté, de ne plus être capable de vivre seule. Parce que j'étais une fille ingrate, une satanée fille ingrate. Sans doute était-ce le message que voulait m'envoyer l'homme du cortège, avec son mouchoir.

— Heureusement que tu es là, me disais-tu quand plus rien n'allait. Heureusement que je t'ai, toi.

Ensuite tu détournais la tête, comme pour effacer tes paroles.

— Mais bon, je suis bien capable de me débrouiller, ajoutais-tu en regardant vers la fenêtre.

J'ai aperçu un café isolé au bord de la route, ou un restaurant ou une auberge, ce n'était pas clair, la pancarte sur la façade était illisible. J'ai été surprise par le toit en tuiles du bâtiment, aucune maison dans la région n'avait ce genre de toit. Mais je n'étais pas experte en la matière, j'avais pu confondre les tuiles et les ardoises, être trompée par la lumière. Sous le soleil du soir qui venait de réapparaître pour éclairer le paysage, tout devenait un peu rouge.

Je me suis arrêtée devant le bâtiment, je suis sortie de ma voiture et j'ai poussé la porte pour demander mon chemin. Les gonds ont grincé et j'ai pensé que ce bruit allait bien avec les murs. Il était temps que je m'en sorte, tu avais dû alerter tout l'étage, aux Gréements. Te plaindre de ma fameuse légèreté, de mes étourderies, vous allez voir qu'elle m'aura oubliée, elle aura oublié qu'elle avait une mère, cette tête d'oiseau ! On avait dû tenter de te calmer. On avait même peut-être appelé le lycée, le gardien avait dû dire que j'étais partie depuis longtemps, que j'allais sûrement arriver. *Avec cette pluie, vous pensez.*

En entrant, j'ai été surprise par une odeur de chou, quelque chose de très désagréable. J'ai découvert une salle basse de plafond, des murs vides de toute décoration. Quelques tables en bois sommairement alignées, des chaises, peu de choses. L'odeur semblait vouloir remplir l'espace à elle seule et combler les absences : des clés de chambres qu'on aurait accrochées au mur, des fauteuils en tissu ou en cuir, une télévision dans un coin, une cheminée au fond, des journaux à consulter pour passer le temps, un porte-parapluie, tout ce qu'on peut trouver dans les hôtels de province, quand on entre. Deux femmes se trouvaient là. Elles étaient engagées dans une conversation à voix basse, se sont interrompues en me voyant arriver. Elles se ressemblaient, étaient vêtues de la même façon. Une mère et sa fille, sans doute.

— Ah, vous cherchez la maison des vieux, m'a lancé la plus jeune des deux.

— Les Gréements, oui. Mais ils ne sont pas tous si âgés…

Elle avait un accent étrange, une sorte d'accent des pays de l'Est, me suis-je dit.

— C'est un peu compliqué, je vais vous montrer. Quel orage ! C'est ce que je disais à ma mère, quand vous êtes entrée. On a à peine le temps de profiter d'un peu d'été et voilà que ça recommence. Le gris, toujours le gris ! C'est bien comme chez nous, tenez !

La mère l'a fait taire d'un geste. Elle semblait préoccupée. Inquiète, plutôt.

La jeune femme a commencé à m'indiquer la direction que je devais prendre, mais un homme est entré. Plutôt souriant et sûr de lui. Presque enthousiaste. Il portait un costume clair aux épaules très larges, tenait une valise à la main.

— Je viens pour la chambre, a-t-il dit.

Sa voix était grave et forte, elle a embelli l'espace, transformé le décor. C'est en tout cas ce que j'ai pensé, là devant lui.

La jeune femme s'est penchée vers moi, il m'a semblé qu'elle tremblait un peu. Mais tout tremblait autour de moi, depuis un moment.

— Excusez-moi, je m'occupe du client et je suis à vous.

L'homme était très beau, il avait un accent, lui aussi. Cette façon de parler qu'ils ont, tous, me suis-je dit.

— Je sais que vous venez pour la chambre, vous êtes déjà passé ce matin. Je me souviens de vous. On la prépare votre chambre, elle est au premier. Pour le moment, je dois vous inscrire sur le livre. Vous avez un papier, quelque chose d'officiel ?

L'homme a tendu son passeport, a dit son nom, son âge – Karl Hasek, trente-huit ans.

— Ce n'est pas une date de naissance, trente-huit ans.

— La date est sur le passeport. Regardez.

Où avais-je déjà entendu cela ? Le nom, l'âge, la chambre du premier.

— Profession ?

— Sans profession.

— Vous avez de la famille ici ? Vous êtes marié ?

— Pourquoi me posez-vous ces questions ? Ma famille ne vit pas ici. Et j'ai une femme, oui. Mais elle ne dormira pas avec moi.

L'homme semblait surpris, un peu agacé. J'aurais voulu lui dire que son nom me faisait penser à un pays très froid, avec des plaines vertes à n'en plus finir et qu'il existait des hôtels plus accueillants que celui-ci, plus modernes et certainement plus confortables. Qu'il ferait mieux de continuer sa route. Ils avaient ouvert plusieurs Ibis dans la région, un Novotel avec une piscine et un SPA. Mais il semblait tenir à cette chambre qu'on lui avait préparée et j'ignorais pourquoi.

Il n'avait pas fait attention à moi, de toute façon. Il a pris sa valise et a disparu dans l'escalier.

— Voilà, m'a dit la jeune femme. Vous prenez à droite au prochain croisement, et encore à droite. Vous ferez attention, le chemin est étroit et ils n'ont jamais comblé les trous. Ils ne réparent jamais rien par ici, on a beau se plaindre. Ensuite vous tomberez sur la départementale, je ne sais plus le numéro mais vous verrez. Une départementale, ça ne ressemble pas à un chemin. Ensuite c'est tout droit.

Elle semblait pressée, tout à coup.

— Mais vous auriez pu trouver toute seule. La maison doit être indiquée partout.

J'ai senti que je n'étais plus la bienvenue, plus du tout. Je dérangeais, il existait à présent quelque chose entre la mère, la fille et cet homme, un lien qui ne me regardait pas, qui n'avait rien à voir avec moi. J'ai salué les deux femmes et j'ai repris ma voiture. J'ai cherché des yeux un véhicule stationné dans la cour de l'hôtel, je n'ai rien vu. L'homme qui avait réservé une chambre avait dû venir en taxi, c'est ce que j'ai pensé. Ou en autocar, il devait y avoir un arrêt plus loin. Ou bien quelqu'un l'avait déposé là, sa femme peut-être. Il avait parlé de sa femme. Mais cela n'avait sans doute aucune importance.

Le parking des Gréements était plein à craquer, j'ai tourné un moment à la recherche d'une place. Qu'avaient-ils tous à rendre visite aux pensionnaires, si tard dans la journée ? Bientôt la nuit tomberait et sur le chemin du retour, ils se perdraient eux aussi sur les routes, comme je l'avais fait. Alors ils s'arrêteraient devant l'auberge parce qu'elle serait éclairée et demanderaient une chambre. Ils seraient reçus avec un mélange de joie et d'ironie, s'étonneraient de la langue que parlaient les deux femmes quand elles ne s'adressaient plus à eux, seraient surpris aussi par les vêtements qu'elles portaient, qui ne ressemblaient à rien. Deux pauvresses, se diraient-ils, les affaires doivent être mauvaises, depuis le temps qu'on le dit. Ils auraient envie de s'en aller, mais partir à la recherche d'un autre hôtel leur semblerait trop hasardeux, à cette heure. Ils découvriraient aussi les deux étages avec leurs portes en bois clair, remarqueraient un puits à l'arrière du bâtiment, au milieu des herbes hautes. Un grand puits, qu'ils imagineraient très profond. Puis la nuit, ils entendraient du bruit au premier, une conversation, quelque chose de grave. Ils seraient impressionnés, se diraient qu'ils avaient décidément fait un très mauvais choix en s'arrêtant là. Ils auraient beaucoup de mal à se rendormir, tenus en éveil un long moment par des allées et venues, des voix féminines – une dispute aussi, des invectives, des regrets exprimés.

***

Je m'étais garée loin de l'entrée, dans une zone non bitumée creusée d'ornières, réservée à ceux qui arrivaient trop tard. J'ai récupéré mon sac à main et j'ai ramassé mes clés, qui avaient roulé sous l'un des sièges. J'ai vérifié la présence du livre à l'intérieur du sac, de la photo à l'intérieur du livre, là où se déroulait le meurtre. Tout allait bien, Meursault tuait l'Arabe de cinq coups de revolver sur une plage inondée de soleil et Paul te faisait signe d'arrêter de photographier tout le monde. J'avais à mes côtés un petit chien noir qui n'était pas à moi, je portais une robe fleurie et l'homme avec ses lunettes noires tentait de s'écarter, d'échapper au cadrage, tandis qu'autour de nous s'étalaient les ruines. C'était toute l'histoire. La photo était intacte, avec tout ce qu'elle racontait, tout ce qu'elle disait sur nous et sur Tipasa et j'ai été soulagée. Aussi soulagée que si j'avais échappé à un naufrage. J'ai jeté un regard autour de moi, une femme et un enfant sortaient d'une voiture garée à côté de la mienne, la femme grondait l'enfant.

— Tu as vu l'état de ton t-shirt ? Mais comment tu te débrouilles pour te salir comme ça, tout le temps ? Tu le fais exprès, ma parole ! Et ce parking qui se trouve au bout du monde !

L'enfant a posé une main sur son ventre, sans doute voulait-il cacher une tache, deux taches, une constellation de taches. C'était difficile, sa main était trop petite, ses doigts trop courts. J'ai pensé qu'il s'était sali juste avant de venir. Il avait couru sur un chemin, droit devant lui, le premier chemin qu'il avait trouvé et sa course avait provoqué des étincelles de boue. Il avait couru à en perdre haleine, le plus vite possible sur ses petites jambes d'enfant afin qu'on ne le retrouve pas, qu'on ne traîne pas jusque-là, où les gens attendaient une fin quelconque en gémissant, se plaignaient. Où dès les premiers couloirs flottait une odeur tenace de désinfectant. Mais on l'avait rattrapé, la mère sans doute, qui le surveillait de près.

Je me suis approchée de lui et lui ai murmuré quelque chose, pour le réconforter :

— Ne t'inquiète pas, c'est difficile pendant les premières minutes, ensuite on ne sent plus rien. Le nez s'habitue à l'odeur, c'est assez rapide.

Il m'a souri – un très joli sourire d'enfant, a lâché son t-shirt. La mère avait raison, il s'était bien sali.

***

Il n'existe pas d'enfants dans les romans de Camus. Je crois qu'ils souffriraient trop de l'indifférence des adultes, de la peste transmise par les rats dans les cages d'escalier, de la chaleur, des revolvers et des mouches qui s'écrasent contre les vitres des autobus. Ils s'ennuieraient dans les ruines romaines, auraient peur des étages des auberges où l'on tue les clients, des révolutions dans la Russie des Tsars, des empereurs romains fous à lier, amoureux de leur cheval. Ils se cacheraient de toute façon et dans ces conditions, ils ne serviraient à rien. J'ai suivi un moment la mère et son enfant, puis je les ai vus se diriger vers l'annexe. Et j'ai entendu ta voix. Tu avais ouvert ta fenêtre, de là-haut tu m'appelais. Tu t'étais donc levée, comment avais-tu fait ? Comment était-ce possible ?

J'ai traversé une salle encombrée de vieillards sur des fauteuils. Ils contemplaient tous un point invisible très lointain, un point situé dans une zone au-delà des murs. Un homme m'a aperçue et m'a demandé une cigarette.

— Je n'ai plus le droit de fumer, vous pensez bien. On n'a plus aucun droit, dans cet établissement. Et si vous aviez un paquet, plutôt, ça m'arrangerait.

Je lui ai expliqué que je ne fumais plus depuis longtemps. J'étais désolée pour lui, vraiment désolée. J'ai pris l'ascenseur jusqu'au premier étage et dans le couloir, j'ai croisé ton médecin. Il portait sous sa blouse à demi ouverte la même chemise bleue que la veille, j'ai supposé qu'il en possédait plusieurs absolument identiques. Il semblait contrarié.

— Vous en avez mis du temps ! m'a-t-il dit. Allez vite la voir, elle va beaucoup mieux.

Ses cheveux paraissaient plus longs. Des poils de barbe avaient poussé sur ses joues, j'ai pensé qu'il avait dû passer la nuit dehors, parce qu'il ne voulait pas dormir et qu'il avait fini par rentrer au petit matin, avec une femme qu'il ne connaissait pas et qui s'accrochait à son bras. Il n'allait plus aussi bien avec cet étage ni avec sa blouse, ni avec l'odeur insupportable qui traînait dans ce couloir. Il avait une tête à aller courir dans les champs environnants pour se dégriser et oublier ses heures d'errance. Une tête à se rouler dans l'herbe, une tête à faire l'amour à l'abri des arbres. J'ai voulu lui faire un compliment, je n'en ai pas eu le temps.

— Excusez-moi, on m'appelle là-bas. Vous connaissez le chemin.

Il s'est éloigné, puis s'est retourné dans ma direction.

— Je voulais vous dire, aussi… aimez-la, votre mère !

Tu avais tenu à te lever, tu y étais parvenue je ne sais par quel miracle et tu m'attendais. Je t'ai trouvée assise sur le fauteuil en simili cuir de ta chambre, tu te tenais droite, toute droite et immobile comme une femme dont on va peindre le portrait. Tu faisais ta Mona Lisa, ta Ferronnière, ta beauté du Fayum, tu faisais ta star. Tes yeux étaient à demi fermés, comme ceux d'une femme qui en a assez de poser, mais se taira pour satisfaire le peintre et que le tableau soit réussi.

— De quoi j'ai l'air ? M'as-tu demandé quand je suis entrée dans ta chambre.

— Comment, de quoi tu as l'air ?

— Je veux dire, comment tu me trouves ?

— Très belle. Tu es très belle.

— Mais non. Je suis *pas mal*, tout simplement. J'ai toujours été *pas mal*. Il n'y avait que ton père pour me trouver sublime.

Tu avais enfilé ta robe de chambre, tu avais oublié de la fermer et sous le tissu molletonné, j'ai aperçu ta robe. Je connaissais cette robe, tu ne l'avais plus mise depuis longtemps, tu te plaignais de ne plus pouvoir en remonter la fermeture éclair, parce que tu avais grossi.

— Et puis pour qui je m'habillerais, dis ? Pour qui ? Pour le poissonnier ?

Je me suis installée sur le bord de ton lit, j'ai pensé que c'était le monde à l'envers tout à coup, moi si faible sur un lit de vieille pensionnaire, toi sur ce fauteuil, toute fringante. Ce ne devait pas être si grave, ce renversement de situation. C'était même amusant, inattendu en tout cas. Tu m'as demandé si j'avais un rouge à lèvres, j'ai cherché mon tube dans mon sac.

— Ah, mais je n'aime pas cette couleur, m'as-tu dit. Et si tu pouvais baisser ce rideau. Elles ne pensent à rien, toutes ces filles… tu as des nouvelles de Valentine ?

Sur ton visage, la vieillesse et tes malaises avaient laissé quelques traces, bien sûr, mais j'ai retrouvé ton sourire, ton regard d'avant et presque ta beauté, ta splendeur depuis longtemps évanouie.

— Tu es magnifique, ai-je dit et dans ma voix avaient dû passer quelques intonations d'enfance.

— Tu parles ! mais bon, je me sens mieux. Tu ne m'as pas répondu, pour Valentine.

— Elle va bien, elle t'embrasse. Je l'appellerai pour lui dire que tu vas bien.

Tu ne me regardais plus, tu avais le regard fixé sur mon sac, comme si tu avais aperçu une bête à l'intérieur – un crapaud égaré, les yeux écarquillés sur le monde, un oiseau tremblant qui se serait cassé une aile. Tu semblais inquiète.

— Qu'est-ce que c'est, ce livre ?

— Rien. C'est pour mes cours. Je l'ai trouvé chez toi, en rangeant.

Tu as paru soulagée.

— Je le reconnais d'ici. Il était à Paul. Je ne l'ai jamais lu, tu penses bien. Les livres et moi… en tout cas tu en as mis du temps pour venir, j'ai cru que tu n'arriverais jamais.

— C'était compliqué sur la route, je me suis un peu perdue. Beaucoup, même. J'ai demandé mon chemin.

Tu m'as observée en silence, durant quelques secondes qui m'ont paru interminables, comme tirées tout droit vers la nuit des temps, comme on tire sur un élastique. Je me suis demandé ce que tu voulais, je ne comprenais pas. Puis tu as tourné ton regard vers la fenêtre de la chambre, d'où l'on pouvait voir le parking, les entrées et sorties des familles en visite et quelques toits de la ville, gris sous le gris du ciel. Et tu as répété ces mots, que j'ai tout de suite reconnus :

Je me suis égarée, j'ai parcouru des couloirs, des salles, des salons, j'ai monté, et descendu des escaliers sans fin.

Dans ma mémoire aussi il y avait des escaliers, ils menaient à la mer et je connaissais cette phrase que tu récitais. Maria Casarès écrivait à Camus, elle s'était perdue dans le labyrinthe des salles de la Comédie Française. Elle était impressionnée, aurait voulu renoncer au rôle qu'on venait de lui proposer, à tous les rôles de sa vie, elle aurait voulu s'enfuir et qu'on oublie son nom, son parcours d'actrice, sa célébrité. Elle aurait voulu aller se cacher dans un trou et qu'on ne la retrouve plus, plus jamais. Égarée dans la Maison de Molière qui l'intimidait au point de lui donner envie de fuir, elle n'était plus la grande Maria Casarès, mais une petite fille espagnole qui n'avait pas perdu son accent.

— Tu connais ces mots, toi ? Ils se trouvent dans une lettre d'amour.

— Je sais. Je l'ai apprise par cœur, la lettre. On s'ennuie tellement ici ! Tu sais que son père était vieux et malade lui aussi ? Il est mort quelques jours plus tard. Il s'étouffait, je crois. Tu vérifieras. Tu la trouves belle, Maria Casarès ? Plus belle que moi ?

— Je ne sais pas. Différente. Elle a fait couper ses cheveux, ensuite. C'était dommage.

Tu as soulevé quelques mèches au-dessus de ton front, je connaissais ce geste ravissant, je le connaissais par cœur. Tu avais appris la lettre de Maria Casarès et moi, j'avais appris les gestes de ma mère. Tout au long de mon enfance, je les avais observés et mis à l'abri dans ma mémoire, au cas où tu cesserais de les faire. Tu les avais un peu oubliés ces derniers temps, pas tout à fait finalement. Pas tous.

— Je t'ai dit que ton père avait pris Albert Camus dans son taxi ? Je n'ai pas dû te raconter ça, on oublie ces choses-là, qui n'ont pas une grande importance. Tous ces détails. Et puis ton père et moi…

— Je sais, maman.

***

Alors tu m'as raconté l'histoire du chauffeur de taxi et de l'écrivain célèbre. Camus était revenu à Alger, il avait déjeuné chez sa mère à Belcourt, le quartier de son enfance, avec ses rues de pauvreté. Il s'était demandé comment il avait pu vivre là et y être heureux, jouer avec des noyaux de nèfles au bas des immeubles, courir après un ballon, se cacher dans une entrée d'immeuble, chaparder des fruits et commencer à regarder les filles. Puis il avait dîné avec un vieil ami. Il n'avait rien trouvé à lui dire. Il était plutôt content de repartir, de retrouver Paris où les hommes ne se déchiraient pas les uns les autres, où ils ne posaient pas de bombes dans les cafés, les casinos et les tramways, où ils n'organisaient pas de représailles dans les villages, ne s'en prenaient pas aux femmes et aux enfants. Il allait retrouver sa vie d'écrivain. Des étudiants de Lima voulaient le voir, pour parler avec lui de ses livres et Hébertot l'attendait dans son théâtre. Le taxi l'avait conduit jusqu'à l'aéroport d'Alger. C'était une belle matinée, avec la lumière, les fleurs au bord de la route, la mer au loin. Il portait le même costume que la veille et avait coiffé ses cheveux en arrière.

— Je peux fumer ?

— Allez-y, j'ai l'habitude.

En observant le paysage à travers la vitre ouverte, il s'était dit que la vraie richesse de cette ville se trouvait là, dans le pouvoir envoûtant des matins. Seulement il y avait la guerre, encore et elle ne finirait pas de sitôt. Il avait croisé des soldats dans les rues de la ville, avait entendu les nouvelles à la radio – les morts au fond des maisons, les femmes qui hurlaient, les fusillades en pleine rue, les attentats encore.

— C'est lourd à porter, avait-il dit au chauffeur.

— On s'habitue, vous savez.

Il y avait eu un silence, à cause de ce mot, *la guerre*, que personne n'aimait prononcer. Puis l'écrivain s'était penché en avant, comme s'il voulait faire une confidence à celui qui l'emmenait loin de la ville et de ses pièges.

— Comment appelez-vous ça, vous, quand vous vous trouvez devant votre mère et que le nom d'une femme vous brûle les lèvres ?

— Je ne sais pas… le désir ? Moi avec ma femme, ça ne va pas trop.

— Elle n'est pas ma femme. Avec la mienne non plus, ça ne va pas bien.

***

Je ne connaissais pas cette histoire et j'ai imaginé un instant le taxi de mon père en chemin vers l'aéroport. Le port qui s'éloignait, puis la route à deux voies, les palmiers, la rambarde de sécurité, les grands tournants et cette impression d'espace, de ciel à portée de main.

— Il aimait son métier, ton père, m'as-tu dit et je me suis demandé d'où te venait cette soudaine nostalgie, et cette indulgence à l'égard d'un homme que tu t'étais mise à détester, à trouver misérable.

Camus avait hésité à prendre l'avion à cause de ses poumons malades, mais il allait mieux. Ce jour-là, le ciel était d'un bleu parfait et en sortant du taxi de mon père, il a levé les yeux pour retenir tout cela, toute cette beauté. Ne garder qu'elle dans sa mémoire.

— Fais-le voir, ce livre, m'as-tu dit en montrant mon sac à main posé sur le drap blanc de ton lit.

Je t'ai tendu la vieille édition de *L'Étranger*. Tu as tout de suite remarqué la photo glissée à l'intérieur.

— Ah, c'est Tipasa ! Je me souviens très bien de cette journée, c'était un dimanche. On allait souvent là-bas, le dimanche. Sinon on s'ennuyait à la maison et ton père et moi, on finissait par se disputer. Tu étais très mignonne dans cette robe, dis-moi. Et puis Paul… quel beau garçon, mon frère… toutes les femmes étaient folles de lui. La dernière s'appelait Paloma, je m'en souviens. Il a fini par nous la présenter. Il avait l'air très amoureux.

Tu parlais, tu parlais et j'ai cru que tu allais te mettre à pleurer, comme tu l'avais fait si souvent, durant des jours et des jours. J'ai cru que tu allais te tordre les doigts et te plier, assommée par le chagrin et cette pensée m'était insupportable. J'ai tenté une diversion :

— Et cet homme avec ses lunettes noires, sur le côté, tu sais qui c'était ?

— Bien sûr.

— Tu le connaissais ?

— Oui… enfin, un peu. Il ne me plaisait pas du tout.

J'ai eu envie de rire.

— Je suis sérieuse, je le trouvais laid. Il avait un nez de boxeur, je détestais. Et regarde-moi cette veste… C'était un ami de Paul. Disons qu'ils s'étaient partagé une femme, tous les deux. La fameuse Paloma justement, un mannequin qui travaillait dans un magasin de couture. Elle essayait les robes pour les clientes, pour les leur montrer et leur donner envie de les acheter… entre nous, elle n'était pas si bien fichue. Mais ce sont de vieux souvenirs, tout ça. Tu restes un peu, hein ? Tu attends qu'ils éteignent les lumières ? Je déteste ce moment, j'ai l'impression d'être en pensionnat. À mon âge, tu te rends compte !

Je t'ai rassurée, au point où j'en étais, j'aurais même pu passer la nuit aux Gréements. Aller m'allonger sur deux fauteuils collés l'un à l'autre, dans ce qu'ils appelaient *le salon* et attendre que le jour se lève, puis prendre un café au distributeur et peut-être t'emmener avec moi. Tu semblais guérie, prête à fuir ce lieu sinistre et à aller déjeuner au bord de la mer dans ton restaurant préféré, celui où l'on mangeait des huîtres en regardant les bateaux.

— Vous vous rendez compte ? aurais-tu lancé au patron, ils sont allés me coller là-bas, au milieu des grabataires !

***

Je t'ai observée, tu t'étais penchée sur la photo que tu avais déposée sur tes genoux, comme on dépose un ouvrage qui nous fatigue les yeux. Tu semblais chercher quelque chose de très important, un détail qui aurait tout changé – ta vie, la mienne, nos lendemains.

— Cet homme dont nous parlions… je me souviens de son prénom, attends… Roland. Oui c'est ça, Roland. Le nom de famille, je l'ai oublié. Ça n'a pas d'importance, d'ailleurs. Ce jour-là, il n'a pas déjeuné avec nous au restaurant. Il nous a rejoints plus tard, sur les ruines. Il avait l'air de s'ennuyer, de regretter d'être venu. Il ne parlait pas beaucoup. C'était la première fois que je le voyais, Paul tenait à nous le présenter. Un bon copain, il disait, un vrai ami. Mais tout le monde savait qu'il baignait dans des affaires louches, celui-là… il avait gagné beaucoup d'argent, c'était peut-être ce qui plaisait à Paul, cette forme de réussite. À nous, il ne nous a pas trop plu. C'est drôle qu'il soit sur cette photo.

— C'est toi qui l'as prise !

— Eh bien je n'ai pas fait exprès. Tiens et puis range-là, revoir mon frère, ça va me donner le cafard et je suis bien assez malheureuse… tu crois que Paul serait toujours vivant aujourd'hui, si on ne l'avait pas enlevé ? Tu crois qu'il viendrait me voir ?

Je n'ai pas pu te répondre, je n'avais jamais fait le compte des années, Paul serait presque aussi âgé que toi mais peut-être pas. Peut-être aurait-il eu un jour ou l'autre un infarctus, ou une mauvaise pneumonie, une embolie, quelque chose de définitif. Je n'avais pas envie de l'imaginer vieux, pas du tout. Je le voulais exactement comme sur la photo, splendide, hollywoodien. Et toi aussi.

***

J'ai glissé le vieux cliché dans mon sac et je t'ai regardée partir très loin de moi, très loin de cette maison de retraite qui sentait la vieillesse à plein nez. Tu t'en allais les pieds nus dans les herbes sauvages, tes chaussures à talons à la main, avec la mer plus loin. La tête protégée par un foulard noué sous le menton, le regard des hommes posé sur toi.

— Roland, c'est un prénom très moche, comme tous ces prénoms en R. Raoul, Roger, Robert… on aurait dû interdire cette lettre depuis longtemps, tu ne trouves pas ?

Ta question m'a amusée, je me suis dit qu'Albert aussi était un vilain prénom et que certains hommes avaient cette possibilité d'échapper à un patronyme démodé, pour s'en aller plus haut. J'ai tourné mon regard vers la fenêtre, par les interstices du rideau j'ai deviné la nuit qui venait, déjà. Je crois que j'avais perdu toute notion de l'heure.

— Je vais te laisser, t'ai-je dit en me penchant pour t'embrasser.

— Je sais. Tu as vu mon médecin ? Il dit que je pourrais sortir demain. Si tout va bien, il en parlera à la directrice et je pourrai m'en aller d'ici. Alors tu viendras me chercher. Mais rentre, il est tard.

**

Et puis, comme je m'éloignais, tu m'as crié quelque chose et alors, tout s'est mélangé dans ma tête – mes livres et mes notes, nos dimanches à Tipasa, les sept cents pages de lettres d'amour que j'avais lues en une nuit, la guerre qui n'avait pas un nom de guerre et toutes les terrasses blanches, toutes les plages inondées de lumière. Ce qui était sûr cependant, c'est que ta voix était celle qui avait enchanté mon enfance, exactement celle-là – ce qui était déjà une bonne nouvelle. Tu as crié quelque chose, donc et je me suis arrêtée. Je me suis tenue immobile face à la porte, me suis retournée puis t'ai demandé de répéter.

— Je disais, le nom de cet homme m'est revenu…
Zagreus, il s'appelait Roland Zagreus.

Tu as lancé ce nom une deuxième fois, très fort,
suffisamment fort pour qu'il remplisse l'espace autour
de nous, puis tu as ajouté, avec ce naturel désarmant
qui était ta marque de fabrique :

— C'est un drôle de nom, entre nous. Des Roland
Zagreus, il ne doit pas en exister cinquante. Oh et puis
c'est vieux tout ça. Il paraît qu'on l'a assassiné, il n'y a
pas si longtemps. C'est ce qu'on a dit, moi je ne suis
pas allée vérifier.

3

Mais laisse, il n'y a rien à vérifier. Rien n'est vrai si ce n'est ce nom, peut-être. Car tu avais raison, des Roland Zagreus il n'en existe pas cinquante. Disons qu'ils sont deux. Le premier se trouve chez Camus et l'on accède à sa villa par une route en pente, j'ai vérifié.

Près de la villa entre les pins qui garnissaient les coteaux, une lumière pure coulait le long des troncs. La route était déserte. Elle montait un peu.

Comment le romancier choisissait-il le nom de ses personnages ? On l'ignore, il n'a rien dit à ce propos. Est-ce qu'il consultait un calendrier des postes, un annuaire téléphonique qui traînait dans son salon ou dans le hall d'entrée d'un hôtel ? Et en ce qui concerne cet homme qui n'avait plus de jambes, peut-être Camus connaissait-il quelqu'un dont le nom ressemblait plus ou moins à celui-là. Dans la mythologie grecque, Zagreus est un avatar de Dionysos. Il est le fils de Zeus et de Perséphone. Mais le personnage du roman n'est pas un dieu, loin de là et il préfère mourir, à tout prendre. Il aurait détesté l'immortalité.

***

Rien n'est vrai, vois-tu, parce que je ne suis pas allée te voir ce soir-là. Je n'ai pas pu, c'était impossible. D'ailleurs, le parking devant les Gréements est toujours à peu près vide à cette heure, à peine occupé par les véhicules du personnel, les voitures des médecins chargés de s'occuper des pensionnaires. En semaine, les vieux ont très peu de visites. On les oublie. Tu as dû penser que je t'avais oubliée, tête de moineau disais-tu, sacrée tête de moineau, ma fille.

Je ne me suis pas garée dans l'espace réservé aux visiteurs retardataires, ce prolongement du parking n'existe pas, où ai-je rêvé un lieu pareil, aussi boueux et inhospitalier, semé d'ornières ? Je n'ai pas vu d'enfant au vêtement taché, je n'ai pas entendu les remontrances de sa mère. Je n'ai pas non plus traversé le couloir du premier étage et n'ai pas rencontré ton médecin, je ne suis pas entrée dans ta chambre. De toute façon tu n'y étais plus, on t'avait transportée ailleurs, dans ta chemise de nuit j'imagine. On n'allait pas non plus te mettre nue.

Ailleurs, c'est le mot que j'ai trouvé, mon Dieu le poids des mots, parfois. Et le désastre des chambres vides. Donc tu te trouvais *ailleurs* et si je reviens sur ces dernières heures, j'obtiens une succession affreusement simple de moments – une sorte de suite logique, heure par heure et qui tendrait à justifier ta disparition, en faire le résultat d'un enchaînement de faits : il y a eu mon cours sur Camus au lycée, prévu de longue date. Les programmes, tu comprends. Puis j'ai repris ma voiture en direction de ta maison de retraite, une terrible migraine m'est tombée dessus en même temps que l'orage, la douleur s'était annoncée en fanfare et l'orage avait été prévu par la météo locale. À un moment, je me suis déportée sans m'en rendre compte sur la route de la corniche et ma voiture, déstabilisée, a fait un tonneau. Un seul, paraît-il. Je n'invente rien. Ensuite on m'a conduite aux urgences et tu es morte.

J'ai perdu ma mère, ma mère a disparu, je n'ai plus de mère… ma mère est morte, tu te rends compte ?

Aujourd'hui, ou peut-être hier, disait cet imbécile de Meursault. Moi, j'ai eu la date et l'heure. Dix-huit heures, d'après l'équipe de jour. À dix-huit heures, ma voiture avait été remise sur ses roues et elle était tirée par une remorque à triple essieu, modèle 1995.

***

— Vous n'avez rien de sérieux Madame, m'a dit l'interne des Urgences après le premier examen. Vous avez été choquée, surtout.

Elle m'a paru très jeune, une gamine. Elle tenait à la main une radio, j'ai remarqué une auréole un peu jaune sur sa blouse. J'ai pensé à un déjeuner avalé trop vite sur une table encombrée de documents administratifs, à une tache de sauce nettoyée avec les moyens du bord – rien de grave.

— Ça va aller, vous avez eu beaucoup de chance. Vous avez souvent ce genre de malaise ?

J'ai expliqué la migraine et le kaléidoscope, la fatigue des cours, la chaleur dans ma salle et l'état de ma mère.

— Il faut que j'aille la voir. Elle n'aime pas rester seule, vous savez.

— Je comprends. On vous garde juste cette nuit. On vous laissera partir demain matin.

— Partir comment ?

— Ah oui… vous passerez au secrétariat, on peut vous appeler un taxi.

Elle semblait pressée, préoccupée par une quantité de choses qui n'avaient rien à voir avec moi. J'ai pensé qu'elle allait s'enfuir au plus vite, quitter ma chambre précipitamment en claquant la porte, mais elle s'est approchée plus près du lit sur lequel on m'avait installée, tout habillée.

— Heureusement pour vous, il y avait ce couple de campeurs sur la plage, des Hollandais. Ils ont été surpris par le bruit et vous ont vue faire ce tonneau. Ils ont eu peur pour vous, c'est lui qui vous a conduite ici. Vous étiez sonnée, vous ne parliez pas.

— Ils sont toujours ensemble, tous les deux ? Ils s'aiment toujours ?

— Vous avez de ces questions… on n'en sait rien. Sans doute. Il existe des couples qui s'aiment, paraît-il. Et elle, on ne l'a pas vue. Alors on ne peut pas dire.

Elle a souri, est devenue presque jolie.

— Vous leur poserez la question, quand vous sortirez d'ici !

J'ai failli lui répondre que je connaissais une histoire de grand amour, que j'avais lu les huit cent soixante-cinq lettres de deux amoureux célèbres qui n'avaient pas trop le droit de s'aimer et que certaines étaient sublimes. J'ai préféré me taire, les Urgences d'un hôpital n'étaient pas le lieu propice à ce genre de remarque. *Mon amour, mon amour*, répétait Maria et lui l'appelait *ma petite fille, ma chérie*. Leur écriture était fine et penchée, celle de Camus était difficile à déchiffrer. Des pattes de mouche.

— Ils ont remorqué votre voiture dans un garage, on va vous laisser l'adresse. Et reposez-vous.

Quand elle m'a tourné le dos pour quitter la chambre, je l'ai observée et il m'a semblé que sa blouse, dans le dos, n'avait pas la moindre trace d'auréole, pas la moindre tache. Mais je n'en aurais pas donné ma main à couper. Parfois, tout dépend de l'éclairage.

***

Le lendemain matin, vers onze heures, le taxi est arrivé. Il m'attendait devant l'entrée principale de l'hôpital. J'étais prête depuis des heures. J'ai fait un pas au-dehors et j'ai eu l'impression que j'allais tomber. Je me suis mise à trembler.

— Eh, m'a lancé un jeune homme qui fumait devant la porte, vous voulez que je vous aide ?

— Non, ça va aller, merci. J'ai mon taxi, là. Mais vous ne devriez pas fumer autant, c'est très mauvais.

Quand je suis arrivée au garage pour voir l'état de ma voiture, j'ai demandé ce qu'on avait fait de la photo.

— Quelle photo ? M'a dit le garagiste. On vous a récupéré toutes vos affaires à l'intérieur, on a tout regardé. Il vous manque quelque chose ?

— Laissez, c'est sans importance. Mais vous pourriez faire attention, quand vous ramassez ce qui traîne… C'est ma voiture, là-bas ? Elle est dans un drôle d'état.

— Bien défoncée. Un tonneau, ça vous tue une carrosserie. Vous avez eu de la chance, vous. Vous y teniez tellement, à cette photo ?

***

J'ai donc eu plus de chance que toi, puisque je m'en suis sortie. Mais attends, il y a des erreurs partout. Parce que bien sûr, Sébastien n'avait pas de moto, ses parents refusaient qu'il conduise ce genre d'engin et son club de football tenait à ce qu'il reste entier. Il ressemblait tout de même au Saint-Sébastien d'Antonello de Messine, avec sa peau pâle et ses cheveux raides, là-dessus il n'y avait aucun doute et Marie l'avait bien quitté dans un couloir du lycée, comme elle l'avait fait avec d'autres.

Une chaudasse Marie, Madame. Tout le lycée le sait, il n'y a que Sébastien pour croire…

Mais je ne l'avais pas ramené chez lui. Je n'ai jamais reconduit aucun de mes élèves jusqu'à son domicile, j'ai toujours ignoré où ils pouvaient habiter, à quoi pouvait ressembler leur vie. Tout cela ne m'intéressait pas, je me tenais à distance, autant que possible.

Et bien sûr, il existe une petite plage dans cette région, sur laquelle on peut trouver des vestiges datant du paléolithique. Elle est peu fréquentée, inconnue des touristes. Des chercheurs s'y rendent de temps en temps, ils fouillent le sol, déplacent les cailloux, s'enflamment devant des pierres qui n'ont l'air de rien et écrivent des articles, dessinent des croquis. Je ne sais plus trop où se trouve cette plage, pas loin du lycée en tout cas. Mais je ne me souviens pas d'y être descendue un jour. Peut-être. J'ai oublié.

***

Et puis il y a autre chose. Il y a cette histoire de déviation, quand le taxi m'a ramenée chez moi.

— C'est toujours bien de quitter un hôpital ! m'a dit le chauffeur alors que je m'installais sur le siège arrière, mon dossier médical posé à côté de moi.

Il conduisait lentement, comme si nous avions la vie devant nous, lui et moi. J'ai observé le paysage, les maisons les unes à côté des autres, bien alignées, avec leurs toits en ardoises. Tout me paraissait familier, immédiatement reconnaissable. Chaque chose était à sa place, les volets étaient ouverts pour la plupart, des chiens aboyaient sur notre passage, un autocar ramenait des collégiens chez eux, j'ai aperçu quelques visages à travers les vitres. De beaux visages d'enfants un peu fatigués, contents de rentrer pour le déjeuner. Nous étions mercredi, ils pourraient jouer sur leur console tout l'après-midi, dormir un peu ou se donner des rendez-vous. Et puis la mer est apparue, elle avait recouvert une grande partie des plages et repris ses couleurs – bleu indigo, bleu de cobalt.

— Vous voyez, le beau temps est revenu ! m'a lancé le chauffeur de taxi.

J'ai levé les yeux vers le ciel, qui se confondait presque avec l'eau – pas tout à fait.

— On va prendre la déviation, a-t-il ajouté. Parce qu'ils ont barré la route là-bas, regardez.

Loin devant nous, j'ai aperçu les gyrophares de deux voitures de police. C'est toujours impressionnant, des gyrophares qui tournent du côté de l'horizon. Cette façon qu'ils ont, violente, d'annoncer le malheur.

— Ils n'ont pas l'air d'avoir avancé. C'était déjà bloqué tout à l'heure. Il paraît qu'il y a eu des morts, dans l'auberge… l'auberge comment, j'ai oublié le nom… avec tous ces hôtels qu'on nous construit, les Ibis et compagnie, on ne sait plus. En tout cas ils ont trouvé une femme dans un puits, derrière le bâtiment. Et un mort dans un étage. Enfin, c'est ce qu'on raconte mais est-ce qu'on peut déjà tout savoir ? Vous lirez les détails dans les journaux demain, comme moi et si ça se trouve…

Tandis que le taxi s'engageait sur une route secondaire, j'ai fermé les yeux. Je voulais échapper à ce qui ressemblait là-bas à une tragédie, ou à un drame je ne savais plus, c'était mon métier pourtant de faire la distinction, afin qu'on s'y reconnaisse, qu'on ne confonde pas. Qu'est-ce qu'un drame et qu'est-ce qu'une tragédie, en quoi est-ce différent, même s'il y a chaque fois des morts, des souffrances et des cris ? Je crois que je suis restée un bon moment ainsi, absente au monde, le dos collé au faux cuir d'un siège automobile.

— Dès que quelque chose t'embête, me disais-tu, tu prends la fuite. Tu as toujours fait ça, petite déjà… et je crois bien que Valentine te ressemble. Demande-toi pourquoi elle s'en est allée au bout du monde, tiens !

— New York n'est pas le bout du monde, maman. Il y a des avions.

J'ai prévenu Valentine par téléphone, la liaison était mauvaise et j'avais mal calculé le décalage horaire. Elle partait pour son bureau, était déjà en retard.

— Tu veux que je vienne ? M'a-t-elle demandé et j'ai dû la faire répéter.

— Mais non, ça va aller. Je voulais seulement que tu saches. Ta grand-mère t'adorait, tu es au courant.

— Toutes les grand-mères adorent leurs petits-enfants, non ?

J'ai pensé qu'en raison des interférences qui venaient perturber notre conversation, nous perdre en évidences de ce genre n'était pas la meilleure chose à faire. J'ai dit à Valentine que je l'aimais, que j'allais plutôt bien et qu'elle n'avait pas de souci à se faire, puis j'ai raccroché.

***

Ensuite, le temps a passé à une vitesse que je n'aurais pas imaginée. Quatre ans, tu te rends compte ? Je t'ai oubliée quelques fois, pas souvent. Certains jours, quand la nuit tombait, je me rendais compte que je n'avais pas pensé à toi et je m'en étonnais, je me demandais alors ce qu'il avait bien pu se produire durant toutes ces heures pour qu'il en soit ainsi, que je me trouve préservée – à l'écart de toi. Bien séparée. Je n'ai jamais trouvé la moindre réponse à cela et me suis résolue à penser que c'était ainsi, que parfois tu parvenais à t'envoler très haut, assez haut pour que ta voix m'échappe, et ton rire, et cette réputation de femme légère qui te suivait et semblait te convenir.

— Quand on parle du loup… il y a chez Camus une femme adultère, une nuit elle sort de la chambre et trompe son mari avec le monde. Je veux dire, avec la solitude et le silence du monde, les étoiles à la dérive et les pierres du désert. Toute cette splendeur qu'elle découvre pour la première fois, du côté de Laghouat et c'est beaucoup mieux qu'avec son mari.

— Laghouat, je connais. Toi et tes livres… elle est jolie, cette femme ? Oh et puis ton père, je ne l'ai pas trompé si souvent. Il ne faut pas croire tout ce qu'on raconte, les gens exagèrent. Et ce n'était pas très important.

De cette année-là, qui resterait pour toujours ta seconde date, je garde le souvenir de rochers attaqués par la mer du côté du phare et de gros travaux dans le bâtiment des lettres – le fameux bâtiment E, jugé trop vétuste, bien à l'image des écritures classiques qui s'obstinaient à venir s'y installer, de temps en temps. Moins souvent.

On n'écrit plus comme ça, Madame. Des phrases d'un kilomètre.

Les paroles de Meursault avaient une dimension raisonnable et ils ont lu le roman. Bien obligés. Ils en ont voulu à ce personnage pour son indifférence, sa lassitude et son absence de réponse. Tout cela ne leur convenait pas. Ils réclamaient de la passion, des certitudes.

On tue pas sans savoir. Il a craqué son slip ou quoi ?

— Vous voulez bien expliquer normalement les choses ? Mais je suis d'accord avec vous, c'est là un meurtre très étrange. Tuer à cause du soleil est une décision tout à fait inhabituelle.

Ils acquiesçaient, coupaient court à toute controverse, voulaient en finir avec cet homme et les cent quarante pages du livre. Ils réclamaient les vacances d'été, refermaient rageusement leurs classeurs, lançaient leur sac sur leurs épaules, puis traînaient des pieds. Ils n'en pouvaient plus d'attendre.

Sébastien s'était consolé dans d'autres bras et j'avais surpris le regard affolé de Marie. Saint-Sébastien avait soudain perdu son allure de martyr, son regard d'au-delà de la souffrance. Bientôt il se débarrasserait de ses liens, se détacherait de l'arbre contre lequel on l'avait contraint et aucune flèche ne pourrait atteindre son torse nu, ses cuisses, aucun soldat romain ne pourrait venir le martyriser. Il redeviendrait le centurion courageux, intrépide, si fier de ses combats. Il serait un saint indemne et belliqueux, qui n'intéresserait plus trop les peintres. Ou alors quelques petits maîtres à la recherche du rendu des armes, de la cuirasse.

***

À quelques jours de la fin des cours, grâce à plusieurs tirs de Sébastien, le club de football local avait remporté sa plus belle victoire, on en avait parlé dans la presse et les filles de sa classe étaient venues l'applaudir dans les tribunes. On avait cherché Marie dans la foule des supporters, on ne l'avait pas aperçue.

— Marie elle regrette, Madame.

Le dernier jour vers dix-sept heures, j'ai vidé mon casier, encombré de tracts de syndicats, de notes de service et de paquets de biscuits entamés. Puis j'ai rejoint le parking des ateliers. Je n'avais dit au revoir à personne, m'étais éloignée en douce. De l'autre côté de la haie, le chien a aboyé, comme d'habitude. Machinalement, je lui ai souhaité un bel été.

Il m'a fallu vider ton appartement, bien sûr. J'ai appelé Emmaüs pour les meubles et ta machine à laver, demandé à ce qu'on me débarrasse de ton lave-vaisselle, en panne depuis une éternité. J'ai donné une partie de tes vêtements à ta voisine de palier, qui aimait tant tes robes, tes blazers à boutons dorés, tes foulards et j'ai gardé tes bijoux, pour Valentine. J'ai aussi rempli un carton de livres, pour ta gardienne. Un carton de format moyen, tu lisais si peu. Il m'a fallu résilier tes abonnements, ton forfait téléphonique, résilier ton existence. Puis nettoyer ton appartement, Javel et Monsieur propre, balai-brosse et serpillière.

Chiffon de par terre, on disait !
Tu as raison, chiffon de par terre. J'oublie les mots, les images. C'est si loin.

J'ai dû fermer les volets, couper l'eau, le gaz, l'électricité et emporter tes plantes. J'ai fait tout cela, parce que personne ne pouvait le faire à ma place. Et puis j'ai ouvert la valise.

La valise de photos. Ton bazar, des décennies en vrac à l'intérieur d'une valise en tissu écossais. Un petit format qui n'existe plus, qui ne passerait pas en bagage cabine et que l'on hésiterait à faire enregistrer. À l'intérieur, il y avait toi.

Toute bronzée et rayonnante sur une plage d'Algérie, dans un maillot deux pièces qui devait faire se retourner les hommes. Surprise par un photographe professionnel, dans une rue bordée de palmiers, tu semblais pressée, on peut imaginer que tu as levé les yeux vers lui au dernier moment, quand il s'est approché de toi avec son appareil. Tu avais dû aimer cette photo, tu étais allée la chercher le lendemain dans sa boutique. Un autre cliché, de taille plus modeste, te montrait à demi endormie sur une chaise longue, entre soleil et ombre. Où se trouvait ce balcon, dans quel appartement ?

Et puis toi sur une terrasse de café avec mon père, tu souriais. Toi en compagnie de Paul, chez lui, assise sur son divan. Toi un peu plus tard, chez nous, le visage marqué, l'air désespéré. Pas si bien coiffée.

Nous avons pris en compte votre demande
Nous déplorons de nombreuses disparitions
Hélas
Dans la région d'Alger
Dans celle d'Oran
Dans tout le pays, pour vous dire la vérité
Mais nos services s'appliquent
S'informent
Nous mettons tout en œuvre pour
Il s'avère toutefois
Il semble impossible de
Chère Madame
Nous vous conseillons malheureusement
d'abandonner toute recherche au sujet de votre frère
Monsieur Paul Garçon, c'est son nom, sauf erreur de
notre part.
Quarante-deux ans, avez-vous écrit. C'est jeune, nous
sommes d'accord.

J'ai plongé mes mains dans le désordre inextricable des clichés en noir et blanc et en couleur, de formats très différents. J'ai soulevé des lettres et des télégrammes, des faire-part de naissance, des photos de classe et tout cela a fait un bruit très familier de papier froissé. J'ai pris un bain de souvenirs – les tiens, surtout. Et j'ai vu la photo.

Identique à celle qui s'était perdue chez le garagiste, à un détail près. Car le décor était le même, la date inscrite au dos était identique et l'on m'y reconnaissait, comme on y reconnaissait le chien. Paul au premier plan achevait son geste,

Arrête avec tes photos, tu en fais toujours dix au lieu d'une ! Et regarde ma main sur l'image, qui s'abaisse à présent

Je dis ça mais je ne devrais pas, car c'est tout ce qu'il te restera de moi, mon sourire, ma main levée / baissée dans cette séquence que tu fabriques avec ton appareil

Arrête un peu et je ferais mieux de me taire

Puisqu'ils tueront les hommes qui passeront en voiture, ils surgiront avec leurs couteaux sur les routes de campagne.

C'est de bonne guerre, n'est-ce pas ? On leur en a tant fait, à eux aussi et tu ne voudras pas le reconnaître.

Mais cela n'arrivera pas tout de suite, j'ai encore quelques années à vivre

Pas beaucoup, quatre années si je ne me trompe pas et que peut-on faire en quatre ans ? Combien de femmes peut-on aimer ? Je parle ainsi par fanfaronnade, mais Paloma me plaît, je crois que je suis amoureux

Amoureux pour de vrai, piégé par cette femme si belle

Et puis je ne veux pas mourir, jamais.

La vérité

Je déteste l'idée de la mort, si tu savais.

***

Paul fait son geste dans les ruines de Tipasa, l'appareil a capturé la fin de ce geste et l'on aperçoit, sur le côté droit de la photo, l'homme au nez de boxeur, aux lunettes noires et à la veste beige. C'est lui, c'est le même homme. Mais il a eu le temps de s'éloigner de l'objectif et a presque totalement disparu de l'image. On peut le reconnaître si l'on a vu la photo précédente, on peut reconstituer ainsi le personnage. Sur celle-ci apparaissent une jambe, un pan de veste et un avant-bras, le reste a disparu hors cadre.

J'ai observé la scène un moment, me suis concentrée sur cette portion d'homme et j'ai lancé des questions comme on lance une bouteille à la mer. Je lui ai demandé son nom et ce qu'il faisait là avec nous, pourquoi il avait l'air de s'enfuir ainsi, de vouloir nous échapper. Je crois bien que je l'ai imploré et que ma demande a été un instant pour moi la chose la plus importante au monde. Et l'homme a fini par me répondre, je ne faisais que passer m'a-t-il dit, arrêtez un peu avec vos questions. Il doit exister, dans votre valise qui n'a l'air de rien, une troisième photographie, à peu près identique et sur laquelle j'ai totalement disparu. Cherchez bien, vous devriez la trouver. Tipasa, Paul, vous, le chien. Sur celle-là vous verrez, le problème n'existe plus, puisque je suis sorti du cadre. Pensez-y.

Je me suis dit que l'homme avait raison, que la vie pouvait être simple, si simple. Il existe souvent dans les photos de famille un intrus qui s'est trouvé capturé par l'appareil, sans le vouloir. Il ne devait pas se trouver sur le cliché, on ne sait rien de lui et ce n'est pas le sujet, il n'est pas important, alors à quoi bon s'interroger ? Cet homme se trouvait là par hasard, lui aussi voulait marcher dans les ruines, pour occuper son dimanche car il n'y a rien de plus long que les dimanches. Et son chemin a croisé le nôtre, un si court instant, pas même le temps de dire ouf. C'est ce que je me suis répété.

Plusieurs fois. *Son chemin a croisé le nôtre, pas même le temps...* car il y a du monde à Tipasa, dans les ruines au milieu de l'après-midi.

***

J'ai replongé une main à l'intérieur de la valise, comme on fouille dans un trésor. Sur une photo en noir et blanc, nous marchons ensemble dans une rue d'Alger. Je dois avoir quatre ou cinq ans et je boude, je n'aime pas les photographes. À tes côtés se trouve la fille de l'une de tes amies, elle a dix-huit ans. Elle s'appelle Anne et tu l'emmènes se choisir des chaussures.

— Avec toi, je suis sûre qu'elle ne prendra pas n'importe quoi, t'a dit ton amie.

Sur la photo, un Arabe qui marchait dans cette rue a remarqué Anne, il s'est tourné vers elle et la regarde. Il ignore qu'il fera définitivement partie des souvenirs d'une famille et par sa présence, par ce regard qu'il porte sur Anne, voilà qu'il se passe quelque chose d'important, de prodigieux. Voilà qu'il n'y a plus de guerre. Un homme observe un instant une jolie fille qui passe, il est heureux de la voir, comme il serait heureux d'entrer dans un jardin garni de jolies fleurs, ou dans une cour intérieure abritée du soleil. Anne se sent un peu gênée, c'est visible sur la photo, car elle a remarqué ce regard. Gênée mais fière, finalement. Rassurée sur sa beauté, parce qu'à dix-huit ans on ne sait pas trop. Et il n'existe plus de bombes, plus de plastiquages, plus de fusillades, la bataille d'Alger qui meurtrit la Kasbah n'existe plus, il n'existe plus de tortures de prisonniers du FLN au camp de Tablat, plus d'assassinats, plus d'enlèvements. L'unité de jeunes appelés qui vient de quitter sa caserne près de Paris ne sera pas prise dans une embuscade au cœur du djebel, il n'y aura pas ce jour-là dix-sept morts et deux soldats disparus, qu'on espère encore vivants. On se dit qu'ils auront pu s'enfuir, qu'il arrive parfois de tels miracles, parce que la jeunesse attire parfois les faveurs du ciel.

Tout cela sera effacé parce que l'Arabe sur la photo regarde Anne, dix-huit ans, avec ravissement. Elle porte une jupe évasée, des petits talons. Qu'elle est jolie. Comment dit-on cela en arabe ?

***

Et puis m'est revenu ce poème que j'avais un jour appris par cœur – un jour douloureux peut-être, je ne savais plus. J'avais dû convoquer la poésie, qui sert à pas mal de choses. Et là, devant cet incroyable désordre de photographies et de papiers personnels, les mots du poète dans ma tête, j'ai choisi. La facilité et l'insouciance, la joie peut-être.

Un seul rayon suffit
Un seul éclat de rire

Puis je me suis levée et suis allée chercher les clés de ton appartement, que j'avais laissées sur ta porte d'entrée. Trois clés de taille différente, accrochées ensemble à une tour Eiffel miniature. Je les ai lancées le plus haut possible vers le plafond, j'ai frappé dans mes mains comme je le faisais au temps de mon enfance, *une tape, deux tapes, petit rouleau, grand rouleau* et je les ai rattrapées.

Camus avait sûrement raison, il suffisait d'être simple.

Épilogue

Les jeunes appelés portés disparus étaient tous deux âgés de vingt et un ans. Ils furent retrouvés au fond d'une grotte, non loin du lieu de la fusillade. L'un des deux s'appelait Pierre Dumas, il était blessé à la jambe. Son compagnon se trouvait à ses côtés, mort depuis plusieurs jours. Un hélicoptère de l'armée les transporta à Alger, l'un sauvé, l'autre pas et les mères pleurèrent, les pères se frappèrent la tête contre les murs. La guerre continuait.

Une équipe d'Emmaüs plutôt pressée vint emporter le mobilier de la mère, le linge de maison, les machines, ce qui fit un bruit considérable dans l'escalier. Une photographie se trouvait coincée à l'intérieur d'une commode, comme cela arrive parfois. Personne ne remarqua la présence du cliché, pas même les bénévoles d'Emmaüs et le meuble s'en alla rejoindre l'entrepôt, avec les autres. Quelqu'un l'achèterait – un homme, une femme en quête de modèles anciens dont personne ne veut plus – et découvrirait sans doute un jour ce morceau de carton glacé. Pas tout de suite. Un secret reste un secret. Sur la photo, on pouvait reconnaître l'homme au nez de boxeur, les ruines derrière lui, l'enfant à présent grandie. Au dos de la photo, la mère avait écrit :

Tipasa, 10 mai 1962.

Tipasa toujours, comme s'il n'existait pas un autre lieu de promenade dans ce pays.

— Et ces combats de gladiateurs dans l'amphithéâtre, vous vous rendez compte ? disait la mère en soulevant ses cheveux. Quand on pense qu'ils applaudissaient, sur les gradins !

Ce serait son dernier dimanche à Tipasa et que faisaient-ils tous au milieu des ruines, quand partout dans la ville on parlait de la mort qui rôdait et des valises à préparer, puisqu'il faudrait partir ? Ils étaient nombreux à marcher encore entre les pierres, ils parlaient fort, riaient parfois et semblaient insouciants, extraordinairement insouciants. *Ce qui est pris est pris*, disaient-ils et l'herbe est à tout le monde, le ciel aussi.

On reconnaît aisément l'écriture de la mère, très ronde. Le 15 mai, c'est-à-dire cinq jours plus tard, elle prendrait un bateau avec sa fille, pour quitter le pays qui ne voulait plus d'elles, ni des autres. Elle le ferait sans regret apparent, comme on part en vacances, d'ailleurs l'été approchait. L'homme resterait à Alger, avec ses lunettes noires et son nez de boxeur. *Pour affaires*, dirait-il. *Et pour en finir avec eux, pour qu'ils crèvent, nom de Dieu.* Et plus rien ne pouvait arrêter ces paroles-là.

Si l'on fait un rapide calcul, l'enfant sur l'image a sept ans. Elle porte une jupe plissée écossaise et un blazer rouge, il ne fait pas si chaud et c'est inhabituel, cette fraîcheur de l'air au mois de mai. L'homme porte un blouson de couleur sombre et des lunettes de soleil, différentes cette fois – un modèle Ray-Ban *aviator*. Il s'est penché vers l'enfant, semble lui parler avec intérêt. Elle ne se souviendra pas de lui, surtout pas. Ni de ses paroles ni de son visage ni de sa jambe raide ni de son odeur, ni de son rire quand la mère est venue les rejoindre, son appareil photo à la main. Elle l'enverra se faire voir ailleurs et il ira se cacher à l'intérieur d'une commode de style Louis XV, à quatre tiroirs et patine artisanale. Il sera un peu difficile d'ouvrir complètement l'un des tiroirs du bas, en raison de sa présence silencieuse. Mais on y parviendra et l'on mettra cette difficulté sur le compte d'une mauvaise imitation de mobilier d'époque.

Quant à celui-ci, qui n'est qu'une ombre dans cette histoire – une ombre en chemise de nylon blanc *qui ne se repasse pas* – le voilà dans son taxi aux senteurs de citronnelle.

— Je ne peux pas les empêcher de fumer, explique-t-il. Et puis les moustiques arrivent tôt dans la saison, par ici. Il suffit que j'ouvre ma vitre et je suis embêté.

Sa vitre est ouverte. Il vient de déposer un client devant la Grande Poste d'Alger. Il s'agit d'un employé de la Préfecture, qui semble occuper un poste important. Ils ont parlé tous deux des accords signés deux jours plus tôt dans cette ville d'eau où il ne se passe jamais rien, de tous les départs précipités vers les côtes françaises. Le fonctionnaire a déjà fait partir sa femme et ses enfants, lui-même quittera le pays dans quelques jours, son Administration le rappelle à Paris. On annonce partout que la guerre est finie.

Au moment où le taxi ralentit pour aller s'arrêter près des arcades du bâtiment, le chauffeur et son passager se taisent. Pensent-ils à tous ceux qui ont un jour couru s'y réfugier, tandis que l'armée tirait ? On l'ignore, car ils n'ont pas parlé de la fusillade, ont certainement évité le sujet. La Grande Poste d'Alger a conservé son allure altière, on jurerait qu'il n'est jamais rien arrivé devant ses murs. Quant au chauffeur de taxi, il est très difficile de savoir avec exactitude ce qu'il pense, ce qui se cache derrière ses paroles et ses silences, quand on le connaît un peu. On peut toujours se lancer dans des suppositions, quelques interprétations, mais on n'obtiendra aucune certitude.

— Si tu pouvais parler, aussi, disait la mère. Expliquer les choses de temps en temps. Mais tu es un mur, on dirait que la vie passe et que tu t'en fiches ! Même la guerre, tu la regardes passer !

Il répondait invariablement que s'il parlait peu, et sans doute avec maladresse, c'est qu'il était épuisé à cause de son métier. Il lui fallait un peu de silence de temps en temps, et oublie-moi disait-il, occupe-toi de la petite et laisse-moi dormir.

— Une heure, ensuite il faut que j'y retourne. Ne faites pas de bruit, toutes les deux. Et baisse un peu les volets, s'il te plaît.

Le taxi vient de déposer son client, qui lui a laissé un bon pourboire.

— Et bonne chance pour la suite ! C'est ce qu'on peut se souhaiter, n'est-ce pas ?

La voiture s'est arrêtée le long du flanc ouest de la Grande Poste, plus loin une rangée d'arbres rappelle les jours heureux, l'ombre fraîche. Une femme et deux enfants se sont approchés mais le chauffeur refuse de les prendre, d'un geste agacé il leur fait comprendre qu'il n'y a rien à faire, qu'il est inutile qu'elles insistent.

C'est surprenant, mais il faut le comprendre. Regarder avec ses yeux, essayer de se mettre à sa place.

Car à travers son pare-brise, il a reconnu l'homme qui s'apprête à traverser l'avenue, à cinquante mètres devant lui. Il ne peut pas se tromper, il a vu sa jambe raide, ses éternelles lunettes de soleil. L'homme fait partie de ceux qui tuent des Arabes à bout portant, ils sortent un revolver au comptoir d'un café et hop. Ils tirent, un jeune serveur s'effondre. Hier soir, vers dix-neuf heures, l'homme a abattu Ali, de deux balles en pleine poitrine. Ali ressemblait à Omar Sharif dans *Le Docteur Jivago* et sa mère disait qu'il était sa fierté, son trésor sur terre et qu'Allah le protège tant qu'elle était vivante.

Le chauffeur a démarré brutalement, sans explications parce que l'homme quittait déjà le trottoir, pour s'engager sur l'avenue et dans son champ de vision, à présent il ne voyait que lui. Tout le reste avait disparu, les employés de banque et les marchands ambulants, les femmes comme des fantômes blancs, les cireurs de chaussures assis sur les trottoirs.

— Les gens deviennent fous dans ce pays ! s'est écriée la femme accompagnée de ses deux enfants. Et où je vais trouver un taxi, maintenant ?

Au moment où il traversait, l'homme qui ne s'attendait à rien de grave a vu l'avant de la voiture fondre sur lui – la carrosserie, les roues les phares. Un lion affamé, un requin attiré par l'odeur du sang, un char d'assaut lancé contre l'ennemi, un frelon décidé à piquer. Une catastrophe. Il a manqué de temps pour comprendre.

Ensuite il y eut ce bruit effrayant, au-dessus du tohu-bohu de la ville. Pas un bruit parmi d'autres, non, quelque chose d'exceptionnel. Le son tragique des abandons et des remords, du renoncement à toute vengeance. Car le taxi freina au dernier moment, là devant l'homme qui recula d'un pas, le corps bloqué dans une posture de parade et les passants se retournèrent, alertés par le crissement sonore des roues sur le bitume. Une femme au visage à demi recouvert d'un voile blanc s'arrêta, effrayée. Mais le chauffeur n'avait rien contre elle, c'est à l'homme qui boitait à cause de sa jambe qu'il voulait s'en prendre, parce qu'il lui avait pris sa femme.

L'homme se cambra, vacilla un instant, puis il retrouva son équilibre et s'éloigna en traînant la jambe.
— Il revient de loin, celui-là ! lança une voix.

Puis il disparut vers la rue d'Isly, se fondit dans la foule des badauds.

On ne le reverra plus. Il fera partie des milliers de personnes qui s'effacent, quarante mille individus problématiques, selon les derniers chiffres. Ils se trouvaient là et subitement ils disparaissent, on ne sait pas où, ni pourquoi. On perd leur trace, on a beau faire des recherches, interroger leurs amis, leur compte en banque et leurs dernières confidences, on se heurte à une absence qui dure.

— Celui-là avait de bonnes raisons de se faire oublier, dira-t-on plus tard.

Le chauffeur de taxi restera à Alger, où irait-il, vers quel lieu inconnu avec des rues au tracé compliqué dont il ignorerait le nom, des bâtiments qu'il aurait du mal à reconnaître ? C'est sa ville ici, avec ses longues arcades du côté de la mer et ses ruelles en dégringolade, ses terrasses et ses murs si blancs. Il la connaît comme sa poche et pourrait y conduire les yeux fermés, parce qu'il en possède les bruits.

— Tu reviendras bientôt, quand tout sera calmé, murmura-t-il à sa fille avant qu'elle ne parte. Et je t'emmènerai à la plage s'il fait chaud, je t'apprendrai à nager. Tu as sept ans, c'est l'âge de raison. Tu prendras un avion toute seule, certains enfants sont capables de faire ça, les hôtesses les surveillent. Une heure d'avion, ce n'est rien et tu découvriras le ciel à travers le hublot. Et puis j'irai te chercher à l'aéroport, j'ai l'habitude. Tu sais qu'il m'est arrivé d'y conduire un écrivain célèbre ? Tu ne le connais pas, tu es trop petite. Tu le liras un jour, peut-être. Ou peut-être pas, il est possible que tu le trouves ennuyeux, on ne sait pas. Il fumait beaucoup, il a laissé l'odeur de son tabac dans ma voiture, il m'a fallu ouvrir les quatre vitres, ensuite. Il aurait voulu que cette guerre finisse, mais qui l'écoutait ?

Puis il prit l'enfant dans ses bras et elle se souviendrait longtemps, très longtemps, de l'odeur de son eau de Cologne. Un parfum citronné, qu'elle serait ensuite capable de reconnaître entre mille. Mais elle n'alla jamais le rejoindre et il fut difficile pour elle de trouver une explication à cela. Sans doute avait-elle tout simplement perdu l'habitude de sa présence.

Raymond Negroni – c'était son nom – ne quitta jamais Alger. Il garda son appartement, son réfrigérateur Kelvinator 110 volts qui nécessitait un adaptateur, sa vieille pendule qui sonnait les heures, les deux guéridons achetés un jour par la mère et qu'il trouvait très laids. Il fit cela par fidélité au passé – ou indifférence, on ne saura jamais. Mais il conserva précieusement un portrait photographique de sa fille en aube de communiante, qu'il s'appliqua à ne montrer à personne. Il parla peu de sa vie passée, quelques bribes parce qu'on insistait.

— Le passé, c'est le passé, disait-il. Et je ne suis pas si intéressant.

Il entretint son taxi le plus longtemps possible, mais un jour le moteur le lâcha et il vécut cet abandon douloureusement.

— Mon ancienne voiture et moi, on a fini par se séparer, disait-il en soupirant à ses clients, qui s'amusaient de cette façon d'évoquer l'usure d'un moteur et le départ du vieux véhicule à la casse.

Dans le pays, il y eut bien sûr des représailles, de part et d'autre. Des assassinats, des règlements de compte car une guerre ne s'éteint pas ainsi, d'un jour à l'autre. La haine demeure. Mais personne ne s'en prit à lui, peut-être parce qu'il était une personne peu visible. Il aurait fallu, pour qu'on s'intéresse à son cas, qu'il commette un crime, par exemple – mais un crime peu ordinaire, comme hors circuit, quelque chose d'inexplicable. Un acte tordu, un meurtre absurde provoqué par le soleil peut-être, oui, par la chaleur et le soleil sur une plage d'Algérie et le bruit de cymbales dans la tête.

— À la Pointe Pescade, confiait-il parfois à ses clients, je crois que je suis vraiment heureux. Mais passé midi, vous ne pouvez pas faire un pas sur le sable.

Quant aux ruines de Tipasa, elles se moquaient bien de ce qui pouvait arriver aux uns et aux autres. Elles en avaient vu d'autres, se souvenaient de l'arrivée des Romains de Rome et de l'irruption des Vandales aux yeux très bleus. Et quand l'agitation du monde devenait trop féroce, quand c'était à ne plus rien comprendre, à ne plus rien admettre, alors elles se tournaient vers la mer, qui jouait à capturer la couleur du ciel. Et dans cette indifférence très silencieuse du monde, à peine dérangée par quelques bourdonnements d'abeilles et quelques ondulations de serpents, elles étaient encore plus belles.

Tandis qu'au milieu des pierres, un murmure s'élevait, très doux : *il y a l'Histoire et il y a autre chose*, disait l'écrivain en tirant sur sa chemise pour en défaire un bouton, parce que décidément, l'air était brûlant à cette heure.

— Autre chose ?

— *Le simple bonheur*, par exemple. Et qui est cette jolie femme là-bas, qui prend des photos ? Quelqu'un la connaît ?

L'écrivain avait conservé en lui le parfum d'une pêche très mûre dévorée avec la peau, ses lèvres en étaient restées brûlantes, parcourues à l'intérieur d'infimes picotements.

— Cette mauvaise habitude que tu as gardée de ne jamais peler tes fruits, disait sa mère. J'ai eu beau te dire.

Autre chose aussi. Une photo, encore une fois. De grand format, seize centimètres sur neuf. Ils sont tous réunis autour d'elle, regroupés sur l'estrade, serrés les uns contre les autres. Sur un côté de la photo, on remarque que la porte de la salle est fermée. Ils sourient comme on peut le faire à cet âge et l'un d'eux, au fond, dessine avec une main levée le V de la victoire. Elle tient dans les mains un bouquet de fleurs, très volumineux mais en partie caché par le visage d'une fille debout devant elle. *Mais pousse-toi, on te dit !* Elle avait insisté : pas de fleurs, non, ces cadeaux de fin d'année sont superflus et ils ne l'ont pas écoutée. Sont allés à dix en délégation chez le fleuriste le plus proche, ont choisi quelque chose de joli. Ont annoncé tout de suite en entrant dans la boutique, *on veut un beau truc, on a l'argent.* La vendeuse a souri d'un air entendu. Puis ils ont regagné le lycée avec le bouquet tenu à l'envers, ont pris un air dégagé en croisant d'autres groupes, l'air de ceux qui se seraient livrés à une obligation, quelque chose de contraint, de pas sentimental du tout. Mais le cœur y était, et la fierté.

C'est une folie

J'avais dit…

Mais c'est très gentil

Et c'est notre dernière heure, alors

Notre dernière heure ensemble

Ma dernière heure cette année, oui. J'allais oublier.

Les vacances, vous savez…

Le bouquet était posé sur son bureau quand elle est entrée, ils attendaient avec impatience, tous à l'heure pour une fois. Tous assis à leur table. Ils ont entendu le bruit de ses talons dans le couloir, de loin.

Elle arrive, faites pas de bruit…
Ta gueule, c'est toi qu'on entend, là.

Elle est entrée dans la salle, a été alertée par le silence. Elle a tout de suite vu le bouquet, a été frappée par son volume. Elle l'a pris dans ses mains, l'a serré contre elle et les a regardés, tous, des ravis de la crèche s'est-elle dit, trente-trois ravis de la crèche. Et puis Marie assise au fond de la classe s'est levée, lui a dit qu'ils la regretteraient, qu'elle parlait pour tous les autres, là, parce que c'était important qu'elle sache, qu'elle se rende compte. *Ça va Marie, elle s'en doute qu'on l'aime bien.*

Mais non, je n'en savais rien. Je ne peux pas deviner. Et ces fleurs sentent bon, c'est incroyable.

— Je ne voulais pas de cadeau, mais au fond vous avez bien fait. Vous me manquerez.

Sur la photo qui a été prise ensuite par un surveillant, elle porte la même robe en polyester, dans laquelle elle étouffe dès qu'il fait chaud mais qui se lave facilement et ne se repasse pas. Elle a choisi ce jour-là une nouvelle paire d'escarpins, des blancs au bout ouvert mais ses pieds n'apparaissent pas sur le cliché. Elle se dit que l'heure qui s'annonce sera interminable, car elle n'envisage pas de les faire travailler, c'est impossible.

— Ça va être sympa ce cours, a dit le surveillant avant de s'en aller.

Elle devra les voir se lever les uns après les autres et s'asseoir sur les tables, s'approcher d'elle, aller vers les fenêtres, vers le tableau, s'emparer de l'espace. Il lui faudra demeurer inoccupée et joyeuse jusqu'à la prochaine sonnerie, attentive à leurs réflexions, sans savoir quoi faire de ses mains, de ses paroles. Elle devra écouter leurs projets, applaudir à leurs espoirs et sourire, surtout. Les laisser parler entre eux et participer de temps en temps aux conversations, puis s'en dégager l'air de rien, histoire de souffler un peu. Aller caresser le papier transparent qui entoure le bouquet, jouer avec le bolduc, respirer encore le parfum des fleurs. Accepter un biscuit pur beurre, puis un autre parce que l'un d'eux aura sorti un paquet de son sac. Goûter à un gâteau au chocolat fait maison, *c'est ma mère mais j'ai aidé.* Refuser d'en manger davantage, *c'est très bon mais je n'ai plus faim, là. Et gardez le reste pour vous.*

— Et non, le champagne est interdit, rangez-moi ça. Vous savez bien.

Profiter d'un instant de silence pour lancer un mot sur Camus, sur ses romans, ses pièces de théâtre. Trois fois rien. Leur dire surtout qu'ils devraient continuer à le lire, que c'est important à leur âge, des œuvres pareilles. Ajouter que pour elle c'est fini, qu'elle passera à autre chose, d'autres écrivains, parce qu'il faut bien changer.

— Comment dites-vous ? Plié. Camus, c'est plié.

Puis dans son dos, entendre la voix de Sébastien, la reconnaître tout de suite, s'en amuser. La trouver plutôt réconfortante.

— Ça déchire grave Madame, les cours comme celui-là !

Se retourner alors, surprendre le regard du saint.

— Si vous pouviez parler correctement, vous, de temps en temps.

Le martyre de Saint-Sébastien d'Antonello de Messine se trouve à Dresde. Il a été peint en Italie à la fin du quinzième siècle. Les soldats ont attaché le saint à un arbre, qui semble avoir été planté dans ce décor pour que cela arrive, cette souffrance imposée. Le corps est percé de quatre flèches – une sur la cuisse, une sur le ventre, deux sur le torse. Derrière le saint martyrisé, une passerelle de pierre relie deux bâtiments. On y a laissé pendre des tapis et des femmes observent le supplice. De temps en temps. Car elles ne semblent pas si intéressées par le spectacle. L'une d'elles cependant s'obstine à contempler la scène. Un peu lasse, elle s'est accoudée au bord de la passerelle et a posé une joue sur ses mains.

Des dames regardaient, du haut de la montagne
Vous êtes si jolies mais la barque s'éloigne

Au premier niveau, on remarque une autre femme. Elle tient un enfant dans les bras, elle s'est arrêtée pour assister à la scène, a vu les centurions conduire Saint-Sébastien jusqu'à l'arbre, l'attacher, puis tendre leurs arcs. C'était étonnant, ce beau garçon presque nu. Mais là où elle se trouve, elle ne peut pas voir le regard du martyr, ni son visage et c'est dommage pour elle.

Car les yeux du saint s'en vont ailleurs, très loin de la souffrance, à mille kilomètres de la violence des hommes. Le visage est presque celui d'un enfant, avec ses lèvres rondes, les cheveux à peine bombés tombent sur le front.

Plus haut, le ciel s'est assombri, on attend un orage.

Note de l'auteure

Tous les passages en italiques concernant Camus figurent dans sa *Correspondance avec Maria Casarès*, dans *Noces à Tipasa*, *Le Malentendu*, *L'Étranger* et *La Mort heureuse*.

L'histoire de l'instituteur qui libère son prisonnier et celle de la femme infidèle se trouvent dans le recueil de nouvelles de Camus, *l'Exil et le Royaume* (éditions Gallimard, « Bibliothèque de la Pléiade », pp. 1560 et suiv., pp. 1611 et suiv.).

Le moment de la visite chez la mère, à Belcourt, se trouve évoqué dans *Le Premier Homme* (éditions Gallimard, pp. 58 et suiv.)

La narratrice fait allusion aux poèmes suivants : *Le poème à crier sur les ruines* de Louis Aragon, *Pour le moment* de Pierre Reverdy, *Sur le balcon* de Paul Verlaine, *Mai* de Guillaume Apollinaire.

Et l'homme sur la photo, dans ma propre vie, n'a toujours pas de nom.

Remerciements

Merci à Van pour ses remarques
et ses corrections.

Merci à JF pour sa lecture,
ses conseils,
ses encouragements.

Merci à Patrice pour son aide
et la faveur qu'il m'accorde.